さらした首筋に尖った歯の先が当たり、やがて痛みを覚えた。
それは破瓜の瞬間よりも甘美で、怯えはわずかにも存在しない。（本文より抜粋）

DARIA BUNKO

闇飾り -アルファ王は踊り子に恋慕する-

高月紅葉

ILLUSTRATION 笠井あゆみ

ILLUSTRATION
笠井あゆみ

CONTENTS

この作品はフィクションです。
実在の人物・団体・事件などに一切関係ありません。

閨飾り -アルファ王は踊り子に恋慕する-

【1】

弦楽器がメランコリックなメロディを奏でれば、打楽器が小気味のいいリズムを打ち鳴らす。

そこへ、星くずがきらめき流れるに似たタンバリンが響く。

快晴の空と、流れていく雲。湿りけを帯びた南風は、港町アグリフォーリオから吹いてくる。

遠巻きに眺めていた旅人たちが丘に集まり、ひとり、またひとりと見物客が増えていく。

タンバリン片手にジニアが飛びはねると、豊かなブロンドが波打って弾む。男性の踊り子は珍しくない。しかし、中性的な美貌《びぼう》は稀有《けう》だ。

長いまつげに、琥珀色《こはくいろ》の潤《うる》んだ瞳。くちびるの薄さが大人びた憂《うれ》いを醸《かも》している。

腰に巻いた布から見え隠れする筋肉質な足はすらりと細く、汗ばんだ白い肌がつややかになまめかしい。均整のとれたスタイルだけでなく、ダンスの技巧も誇るジニアは、複雑なステップで青草を踏む。あたりに爽《さわ》やかな香りが立ちこめた。

観客たちは知らずしらずのうちにリズムを取り、身体を揺らしはじめる。普段は素通りされるだけの味気ない丘が、まるで祭りの舞台のような熱気に包まれていた。

旅の一座は、どこであっても好きなときに踊りだしてしまう。それが生活の糧《かて》であり、愉《たの》しみだ。家は持たず、未来も定めず、いまを謳歌《おうか》している。

「明後日から、アグリフォーリオの花祭りに出ますよ！」

ジニア同様に腰布を巻いた少年が声を張りあげる。背丈は低く、華奢《きゃしゃ》な身体つきだ。まっすぐ伸びた亜麻色《あまいろ》の髪を高い位置でひとつに結び、短い横髪はおろしている。

ステップを止めたジニアはタンバリンを仲間へと投げ渡す。宣伝をしてまわる少年に近づき、細い肩へ腕を伸ばした。

「見に来てね」

旅人たちに声をかけながら、肩を掴《つか》んでもたれかかる。ちょうど少年の頭のてっぺんにあごが乗った。そのまま、するりと抱き寄せる。

彼らを交互に見た旅人たちは唖然《あぜん》とした面持ちで息を呑《の》んだ。言葉もないままに何度もうなずく。ふたりにとっては、見慣れた反応だった。

ジニアとペスカは、どちらもとびきりの美貌をした美青年と美少年だ。しかも、なまめかしいほどに色白で、きめ細やかな肌をしている。

「ジニア、すっかり汗だくだね。日陰へ行こう。背中を拭いてあげる」

抱きくるまれたペスカがとろけるような笑顔で言い、彼を腕に閉じこめたジニアは琥珀色の瞳を細めてうなずいた。

改めて、自分たちを取り囲んでいる観客へ微笑《ほほえ》みを向ける。

「愉しんだ分だけ、お代をよろしく」

ふたを開けて置かれた楽器ケースを指差す。ジニアの笑顔にほだされた人々は、すぐにコインを投げこんだ。やがて紙幣も増えていく。

張りあう旅人たちにお愛想の笑みを向け、ジニアとペスカはその場を離れた。ジニアはペスカの肩へ手をまわし、ペスカはジニアの腰に腕をまわしている。

「きみたち、きみたち。ちょっといいかな」

人垣から離れたふたりを呼び止める声がした。いかにも裕福そうな男が立っている。しかし上品な雰囲気はない。

羽振りのいい商人クラスだと値踏みをしているあいだに、風に似た速さでマウロ・マジンギが駆けつけた。

「申し訳ないが、彼らと直接交渉するのはやめてくれ。私が座長だ。代わりに話を聞こう」

長く伸ばした白髪を後頭部の低い位置でひと結びにして、恰幅《かっぷく》のいい身体にぴたりと合ったジャケットを着ている。

彼の広い背中に隠れたジニアとペスカはそそくさと逃げ出し、乗ってきた荷馬車ではなく一本立ちの大木へ向かった。

青葉を繁《しげ》らせた枝は優雅に伸びて、青草の上に影を落としている。木洩《こも》れ陽《び》もちらちらと眩《まぶ》しい光の欠片《かけら》になってこぼれていた。鳥の鳴き声がさまざまな方角から聞こえてくる。

絶えず丘を吹き抜ける風で、肌に浮かんだ汗が引いていく。

片手を腰に当てたジニアは街道を漫然《まんぜん》と眺めた。遠くに去ろうとしている旅人がこちらに向かって手を振っているのに気づく。知り合いでもないが手を振り返した。

腰をおろしたペスカに腰布を引かれる。

「どうした？」

「あそこ、立派な馬車だ」

ペスカの指先が差したのは、右斜めのあたりだ。

「ん、どこ？」

隣にしゃがんだジニアは目の高さを合わせて同じ方向を眺めた。街道の端に、馬車が停まっている。

「本当だな。馬もすごいし、護衛もついている。どこの金持ちだろう。趣味のいい馬車だ」

豪奢《ごうしゃ》な造りではないが、遠目に見てもはっきりわかるほど金がかかっている。

鉄道は内陸部の大都市だけを繋《つな》いでいるので、小さな街と街を行き来するには不便だ。ジニアたちのように集団で移動する者は荷馬車を使うが、個人はみな徒歩で旅をする。

金があれば馬を使い、もっと裕福ならば馬車を使う。荷馬車同様、馬の手入れや餌代《えさだい》がかさむからだ。

「あれは貴族だ」

男と話し終えたマウロが近づいてきて、年寄りくさい掛け声を出しながら腰をおろす。

「どこの家だろうな。……あぁ、違う。あの紋章はオルキデーアだ」

「つまり？」

ペスカがじれてくちびるを尖《とが》らせ、マウロを急かした。

「つまりな、王族ってことだ。オルキデーア国のトレンティン家」

「王さまが乗ってるの⁉」

驚いたペスカが小さく飛びあがる。ジニアの袖にしがみついた。

「ジニアの踊りを見てたのかな……？」

「さぁ、どうだろう」

ジニアがそっけなく答えると、ペスカの大きな瞳に不満の色が差しこんだ。

まっすぐ、じっと見つめられる。その頬《ほほ》はほんのりと上気して、繊細にカールしたまつげが少女めいた愛らしさだ。

ペスカの凝視は威力が絶大で、だいたいの人間はたじろぎ、顔を赤らめてしまう。

しかし、十二年も一緒にいるジニアには効《き》き目がなかった。ふたりはまるで兄弟だ。

ペスカは、ジニアより一年ほど遅れて一座に拾われた。ジニアが十歳で、ペスカは六歳。食べるときも寝るときも肩を寄せあい、踊り子の芸をしこまれてきた仲だ。

いまさら愛らしく拗《す》ねた瞳を向けられても、ただ素直に『かわいい』としか思えない。

「もしかしたら、かわいいお姫さまが乗ってるかも……」

くちびるを尖らせたペスカが、ジニアの気を引こうとして言った。

「ジニア、どうする？　もしも見初《みそ》められたら」

「かわいいお姫さまに？」

「大人っぽい美貌の姫君かも」

「ペスカよりも美少女ならいいけどね」

片頬を引きあげて笑い、不満げなペスカの小さな鼻先をちょんと押す。

通りがかりの姫君が、旅芸人の踊り子に一目惚《ひとめぼ》れするなんて話は、あまりにもロマンティックすぎる。芝居のようなハッピーエンドは、夢のまた夢だ。

お抱えの楽士あたりになれたとしても、夜な夜な寝室に呼ばれるのがいいところだろう。一生食うに困らないなら歓迎だと口にする仲間もいたが、ジニアの望む未来ではなかった。

相手を好きになっても、ならなくても、たったひとりの恋人として扱われなければ不誠実に感じる。それ以前に、だれかのものになるなんて不自由だ。

好きなときに踊り、好きなときに恋をして、たったひとりの相手を見つけ出す。

そして、『たったひとり』として愛されたい。

それこそロマンティックの極みだが、本人に自覚はなかった。

「乗ってるのは男かもしれないだろう」

ふたりのやりとりを眺めていたマウロが笑う。

「まぁ、おまえほどの美形なら、男でも女でも可能性がある」

言われたジニアは鼻白《はなじろ》んだ。

「身分違いはどっちにしたって嫌だ。俺はそのうちに、どこかの村の、気立てがいい女の子と恋に落ちる。いつも言ってるだろ？　あとはタンバリン鳴らして羊を追うだけの毎日だ」

「……それはそれで身分違いだと思うけど」

ペスカがぽそりとつぶやいて肩をすくめる。苦笑したマウロがその肩を叩《たた》き、ジニアに向かって言った。

「さっきの、声をかけてきた男だけどな。うちが『閨《ねや》飾りのオメガ』を出してるって噂《うわさ》を聞いたらしい。向こうがアグリフォーリオまで来るってことで話がついたから」

「……またするのか」

形のいい眉《まゆ》をピクリと動かして、ジニアはため息をこぼす。

マウロがにやりと笑った。

「座ってるだけなんだから、楽なもんだろう」

「一時間は長い」

「長いほど後払いの金は多くなる。シメたもんだ。……おまえが、『オメガ』だったらよかったのにな。本物の閨飾りなら、礼金もすごいはずだ」

「それじゃあ、もっと長い時間、座ってることになるじゃない！」

非難の声をあげたのはペスカだ。

「なんだってさぁ！　ジニアは『オメガ』なんかじゃないんだから！　ジニアほどの踊り子は、このあたりの国の、どこを探したっていないんだからね！」

怒ったペスカは大きく息を吸いこんだ。頬がぷっくりと膨《ふく》らみ、白い肌が頬紅を刷《は》いたように赤く染まる。

「おーおー、ペスカのほうが、よっぽどオメガっぽいな。でも、おまえは嘘《うそ》でも座ってられないからダメだ。力不足だよ」

マウロにからかわれ、ペスカはいっそう頬を膨らませる。ジニアは笑いながらふたりのあいだへ入った。

「まぁ、まぁ……。座ってるだけだし。我慢できるからさ……」

そう言って、話を濁す。

この世には男・女という第一性のほかに、アルファ・オメガ・ベータの第二性がある。

アルファとオメガは稀少な存在だ。第一性を問わず、アルファには男の、オメガには女の生殖機能が備わっている。

オメガには発情期《ヒート》があり、それ以外のときにもフェロモンを発して他者を欲情させる。影響を受けるのはアルファだけではない。

「マウロは『アルファ』を見たことがあるんだっけ？」

ジニアが問いかけると、マウロは悠々《ゆうゆう》とした笑みを浮かべてうなずいた。

「あるとも。だいたいは高貴な生まれだから、そのあたりにはいないけどな。王族にだって数は少ないんだ。……あいつらは、突然変異の産物だよ。頭は切れるし、顔もいい。体格も体力もばっちりだ。けど、そんなアルファにしたって、オメガがいなければ、色ボケになって頭がおかしくなるだけだからな。厄介《やっかい》だよ、アルファ・オメガは……」

「そう言っても、アルファは恵まれてるじゃない。オメガのほうが悲惨だと思う……」

丸い頬を膝《ひざ》に押し当てたペスカは、うんざりした様子で息をつく。

つがいを持たないアルファが不定期にやってくる発情を持て余し、あちこちで間男になったり、子種をばらまいたりする話は、酒の席で語られる艶話《つやばなし》の定番だ。しかし、頭脳と美貌を兼ね備えて生まれるアルファは、性行為依存に陥《おちい》っても貧困へ転がり落ちることがない。

アルファとオメガの関係において、不遇に置かれやすいのはオメガのほうだ。

各地を巡るジニアたちは、心を病《や》んだオメガを見かける機会も少なくなかった。つがいとなるアルファを得られず、発情期に起こる性的欲求不満を募らせた末路だ。ベータの男にもてあそばれたり、売春窟へ落ちたりすることもある。

差別の対象となることはないが、アルファと出会ってはじめてオメガとして『覚醒』する例もあり、精神が不安定になりやすい。

そんなオメガの食い扶持稼《くぶちかせ》ぎとして生まれたのが『閨飾りのオメガ』だ。裕福なベータから金をもらい、彼らの寝室にはべり、性的興奮を高めるためのフェロモンを発する置物となる。

「たとえベータであってもな。恋愛が成就《じょうじゅ》しなけりゃ悲惨だ。とどのつまり、恋なんてのは、するもんじゃないね」

よっこらしょと掛け声を出して立ちあがったマウロは、ゆっくりと腰や背中を伸ばした。

「おまえらも、愛だの恋だのめんどくさいことをするのはやめておけ。女が欲しけりゃ、安全なのを見繕《みつくろ》ってきてやる。アグリフォーリオの女もいいぞ。豊満で情熱的だ」

ジニアとペスカの答えを聞かず、マウロは笑いながら離れていった。荷馬車のそばには、仲間が集まっている。楽団員が五人と引退した踊り子がひとり。数年前には幼児もいたが、ある街でもらわれていって、それきりだ。

「ほんと、マウロには困るよね。いっつも、あれだ……」

あきれ顔で肩をすくめたペスカは、まだ性的指向すら定まっていない。恋に恋する年ごろで、潔癖《けっぺき》なところがあった。

「ジニア。……そのつもり？」

マウロにまた女を見繕ってもらうのかと、不純行為を責めるまなざしでジニアを見る。

「まさか。ふたつ前の街で懲りたよ。しばらく女はいらない」

「じゃあ、男なら？」

ふいに視線が熱っぽくなる。意味ありげに感じたが、ジニアは笑い飛ばして首を傾《かし》げた。

「こわいな。まるで母親みたいだ。……俺は女が好きだよ。気立てがよくて、優しい子。知ってるだろ」

「……そんな田舎くさい女と一生を過ごすの？　聞いてるだけで、うんざりするけどな」

「ペスカも『男』になればわかるよ」

「それって、女を抱かなくちゃいけないの？　男同士だったら『男』になれないの？」

「え？　いや、まぁ……、抱かれたっていいけど。それだと『男』になるとは言わないだろうな。言うのかな」

混乱してきて小さくうなる。強く吹きつけた風に髪が舞いあがり、ゆるやかに波打った。

「……俺たちは男ベータだから、抱いても抱かれても、やることやってれば『男になった』って話になるんだろ。ペスカは抱かれたいの？」

からかいを含んで顔を覗《のぞ》くと、ペスカは意外なほどまっすぐにジニアを見据えた。次の瞬間には、ぷいっと顔を背ける。

「なんだよ、ペスカ。……おまえはすぐに機嫌が悪くなるなぁ。わかった、わかった。お兄ちゃんが荷馬車まで、おぶってやるよ。ほら、おいで」

「……子ども扱い……っ！」

大きな瞳をぎらっと見開いたペスカは、不満げに声を荒らげた。しかし、ジニアが背中を向けてしゃがむと、素直に手を伸ばしてくる。いつものことだ。

「子ども扱いしないで」

背中にしがみつき、怒った声で言う。その声もまた、容姿に似合いの甘いトーンだ。

「はい、はい」

苦笑いを浮かべたジニアは、ペスカを背負い、木陰から陽差しへと足を踏み出した。華奢なペスカは思う以上に軽い。

先に荷馬車へ戻ったマウロのそばに身なりのよい男の姿が見えた。また閨飾りを求めているのだろうかと勘繰ったが、マウロの様子はいつになく丁寧だ。

身なりのいい男はすぐに踵《きびす》を返し、丘をおりていく。あの立派な馬車へ近づき、扉は開けずに窓越しの会話を始める。

ジニアは興味本位で、馬車をじっと見つめた。乗っているのは、男か女か。王族の顔つきとやらを見てみたいと思ったが、遠すぎて判別がつかない。

興味はすぐに薄れ、ペスカの身体を揺すりあげて歩きだした。

「……ジニア。男を試したくなったら、ぼくに言ってよね」

ささやきが耳元をくすぐり、ジニアは思わず笑ってしまう。

丘の傾斜はゆるやかだ。夏の気配をたっぷり含んだ風が流れて、ジニアは一瞬だけ景色に目を奪われた。それと同時に、人の視線を感じて、立派な馬車へふたたび顔を向ける。窓に人影が見えた。おそらく男だ。もしかしたらアルファかもしれないと思ったが、自分には関係のないことだと、すぐに気を取り直した。背負ったペスカに問う。

「おまえに相談するの?」

「うん。そう……」

ペスカは甘えてジニアの髪に顔を埋めた。

「わかったよ、ペスカ。そのときは、全力で止めてくれ」

男を抱くのも抱かれるのも、まるでありえない話だと笑いながら答えると、細く華奢な腕にぎゅっとしがみつかれた。瞬間、ジニアの心は揺らいだ。はじめてペスカを背負った日のことが思い出される。

母親と生き別れになり、一年が過ぎたところだった。爆発しそうになっていた寂しさは、ペスカの世話をすることで埋まっていったのだ。

歌の上手な母親だった。この世のなかで一番好きで、だからこそ、恋に破れて壊れていく姿を、この世で一番憎んだ。

オメガ性でなくても、だれかに夢中になることは危うい。熱烈な愛は身を滅ぼす。

それを知っているからこそ、羊飼いの少女と恋をするぐらいがちょうどいい。そのままなりゆきで家庭を作れば、心が壊れるような激しさに巻きこまれず、一生をひとりで過ごすこともない。

ジニアは、いつも、そう考えていた。

＊＊＊

アグリフォーリオの花祭りは、三日間にわたっておこなわれる伝統的な夏迎《なつむか》えの行事だ。

港町の中心部にある広場は花で飾られ、昼には山車《だし》の巡行があり、夜はあちらこちらで宴会が催される。各地から集まった旅の一座は、歌やダンスの興行で祭りを盛りあげ、ひと稼ぎさせてもらうのだ。

競合相手がいるとなれば、自然、ジニアのダンスにも気合が入る。まだ一夜目だが、どこの踊り子よりも、すべての観客の記憶に残りたかった。

派手に染めた薄布を腰に巻き、足首と手首の鈴を鳴らしてステップを踏む。上半身を覆う上着はみぞおちのあたりまでしかなく、剥《む》き出しになった腹部にはきらめく小さな金板の装飾が縫いとめてある。

すっかり日が暮れた夜天のもと、手足を伸ばして優雅に舞い、くるくると回転しながら薄布をひるがえす。天性のリズム感は情熱的な雰囲気を作り出し、見る者の心をのべつまくなしに奪っていく。それがジニアの踊りだ。

広場にはかがり火が燃え、人々の影が敷き詰められた石に揺らめく。

一夜目は人出が少ない。それでも、ジニアたちのまわりには幾重もの人だかりができている。

踊りになまめかしさが加わると、熱気はいちだんと増した。人垣が左右に揺れて、興奮した歓声や指笛が夜空へ突き抜ける。

息を弾ませたジニアは両手を頭上へ伸ばした。指先をひらめかせ、汗を飛び散らす。長いまつげの目を伏せる。白い肌は、淡い紅色に染まり、濡《ぬ》れた金色の髪が生き物めいてうねった。長い手足は指の先まで悩ましげだ。夜風さえ操って揺れうごく。

情熱的なステップに合わせ、パッと視線をあげた。なにげない、いつもの仕草だ。なにを見るともない。しかし、その夜に限って、ひとりの男へ焦点が合った。

群衆にまぎれているのに、彼の熱心な視線だけがやけにはっきりと感じられた。ジニアのほうも、なぜか彼を見てしまう。

背が高く、肩幅のしっかりとした体格のせいかもしれない。その上、顔だちも整っていた。めったにお目にかかれない美丈夫《びじょうふ》だ。

ジニアはその場で回転して、彼から視線をはずした。しばらくリズムに酔い、激しく手足の鈴を鳴らす。膝下まである薄い腰布が風になびいてはだけ、形のいい足があらわになる。

観客の視線を浴びたジニアは官能的な笑みをくちびるの端に浮かべ、男とも女とも区別しがたい独特の美貌で彼らの熱狂を満たした。

微笑みは甘い香りの花を想わせ、踏むステップやかろやかなターンがたおやかに色づく。魅了された者の心に残るのは、小さな小さな傷だ。癒《い》えるまではジニアの姿が脳裏に刻まれ、全

身で奏でられたリズムが恋しくなる。

熱っぽく見つめてくる美丈夫も同じだろうかと、さりげなくまなざしを送った刹那《せつな》、ふたりの視線が絡んだ。それぞれがそれぞれを見ているのではない。

いま、一瞬、はっきりと、ふたりは見つめあった。

ジニアは踊り続けている。足は止まらずにステップを踏んだ。それなのに、刻《とき》が止まった錯覚が長く尾を引いた。まるで夢のなかにいるときのように、群衆にまぎれた美丈夫を近くに感じる。彼の瞳の色がわかるぐらいだ。

磨きをかけた緑柱石《エメラルド》のごとく、美しく澄んだ緑色の瞳だった。凪《な》いだ湖面に似て、穏やかに潤みきらめいて見える。

ジニアは目を閉じた。彼を見つめていることがこわくなり、彼に見られていることもこわくなる。けれど、身体はうらはらに軽くなった。いつもより高く跳び、いつもよりも素早くターンを決める。

激しく鳴り響く鈴の音だけがジニアの耳に残った。夜の広場は不思議と静まり、ほかの音は消えてしまう。昂《たか》ぶった感情が自我を離れ、一種のトランス状態に陥る。緑色の目をした美丈夫から見られている実感が、なぜか激しく甘美な快感を呼び起こした。長い髪をなびかせたジニアは恍惚《こうこつ》とする。

そして、観客の手拍子が拍手に変わってはじめて、自分の足が止まり、膝を曲げるお辞儀の姿勢を取っていることに気がつく。手を打ち鳴らす音が、一斉に耳へ流れこんできた。

肩で息を繰り返しながら、あわてて瞳を巡らせる。美丈夫の姿を人垣に探したが、彼の姿はすっかりかき消えていた。


興味を引き、人目を奪い、その上で軽くあしらうのが踊り子の所作だ。男からの熱烈な視線も珍しくはない。

それなのに、今夜に限って、ジニアの視線が奪われた。不思議なことだ。

「ねぇ、どうしたの。はりきりすぎたんじゃない？」

亜麻色の髪を高く結いあげたペスカが振り向き、宙を舞った毛先がジニアの肩にぶつかる。

「危ないなぁ。この髪、顔に当たると痛いって言ってるだろ」

眉をひそめて払いのけると、ペスカの丸みを帯びた頬がぷくっと膨らんだ。

「仕方がないでしょ。ジニアと違って、ぼくの髪にはウェーブがないんだから」

「編んで眠ればいいって、姉さんたちも言ってるだろ」

姉さんと呼んでいるのは、一座の女性たちのことだ。

「任せるのも面倒なんだもん。……ジニアが編んでよ。それなら、おとなしくできそう」

「……俺だって面倒だよ」

鼻で笑いながら、手にしたグラスを口元へ運ぶ。麦で作られた発泡酒だ。

この時期だけ、山車の並んだ通りには露店が出ていた。酒、焼いた肉、甘味。店で売られているものは、樽《たる》をテーブル代わりにして飲み食いすることができる。

ペスカとふたりで山車見物に出たのは今夜の興行を終えてからだが、人の行き来が減った通りはどこも明るかった。ガス灯をかき消す勢いでかがり火が焚《た》かれているからだ。それでも、女や子どもの姿はない。夜が深くなり、路地は闇のなかだ。

「あ！　もう飲みきっちゃったの？　ぼくにも残しておいて、って言ったのに」

ジニアの手元を覗きこんだペスカが非難の声をあげる。

「ごめん。うっかりしてた。なんだか暑くって……。じゃあさ、広場の店で腰を落ち着けて飲もう。それでいいだろう？」

機嫌を取るふりで顔を覗くと、ペスカはまた拗ね顔になった。膨らんだ頬だけでなく、吊りあがった眉も愛らしく見える容姿だ。本人も、よく知っている。

ふたりは樽のテーブルを離れ、広場に通じる近道へ入った。幅は狭く薄暗いが、まっすぐに延びた路地だ。広場の明かりも見える。

「すぐに拗ねるなよ、ペスカ。おまえの悪い癖だ」

声をかけ、ジニアは手を伸ばした。路地に入るときには気づかなかったが、向こうから歩いてくる集団があった。そのなかのひとりが、先を歩くペスカに向かって近づいてくる。足取りは怪しく、いかにも酔っ払いだ。

ペスカを抱き寄せて避けようとしたが、相手の足はわざとらしく急カーブを描いた。はじめから衝突するつもりでいたのだろう。ふたりの前に立ちはだかるなり、にやりと粘着質に顔を歪《ゆが》めて叫んだ。

「あぁ、痛い！」

酔いどれた声がわざとらしく響き、男の仲間がわらわらと寄ってきた。あともう少し進めば広場へ抜けられるのだが、道を塞《ふさ》がれて前にも後ろにも進めなくなる。

「当たって挨拶《あいさつ》もなしかい。そりゃ、いけねぇよ」

「お嬢ちゃんたち、どこから来たんだ。こんな時間に出歩いて……」

左右から顔を覗きこまれ、ジニアは舌打ちをこぼした。ペスカをしっかりと引き寄せる。背に守るより腕のなかに入れているほうが安全だ。

「いや、男か……」

踊り子の衣装は脱ぎ、使い古した薄手のシャツとズボンを穿《は》いている。夜でなくても、ジニアたちの日常着はそんなものだ。仕立てのいい服を着るのは座長のマウロだけだった。

「旅芸人だな。話が早い」

四人のうち、もっとも偉そうな男がふんぞり返った。ひょろっと細い男が、ニヤニヤ笑って前へ出てくる。

「あんたらの相場はいくらだ。祭りの一夜目だから、祝儀は弾むぞ」

売春の交渉だとわかったが、ジニアは嫌悪感も見せずに肩をそびやかした。

「……踊って欲しいなら、座長に話をつけてくれないか」

取り囲まれても臆《おく》することなく答え、長い髪をかきあげる。それと同時に逃げる算段を始めた。初日からケガをしようものなら、マウロがどれほど怒るかわからない。この先ずっと、祭りでの外出が禁止されるとしたら、気鬱《きうつ》を通り越して絶望的だ。

まず、だれからぶちのめすのがいいか。ジニアは冷静に考えた。

男たちからは酒の匂《にお》いがプンプン漂ってくる。足元も怪しいぐらいだから、ペスカを守りながらでもケガをせずに済むだろう。

ジニアが反撃するとは微塵《みじん》も考えていない男たちはヘラヘラと下卑《げび》た笑いを浮かべる。これみよがしに自分たちの下半身へ手を当て、下品な仕草で股間を持ちあげた。

「気が強い美人は好みだ。だからよぉ、座長さんだとかなんだとか、めんどくせぇことはどうでもいいだろう」

「そうそう。俺たちはいますぐに、腰の上で踊って欲しいんだからな。……そこの小さいのは、はじめてか？　俺は処女に優しいんだ。今夜はいい思い出になるぞ」

不躾《ぶしつけ》に手が伸びて、ペスカの肘《ひじ》を掴まれる。とっさに払いのけたジニアの腕も、別の男に引っ張られ、腕のなかのペスカが前につんのめる。

様子見はここまでと息をつき、ジニアは拳《こぶし》を固めた。ペスカがとっさにしゃがんで、地面を転がる。こういった窮地をふたりで切り抜けるのには慣れていた。

どこへ行っても、酔いどれの男たちは無作法だ。うまい誘い方のひとつも知らない。

ジニアの肘鉄をみぞおちに食らい、男のひとりがうめき声をあげた。転がったかどうかの確認はせず、激昂《げっこう》して飛びかかってくる別の男の胸元へ飛びこんだ。襟《えり》を掴んで身を屈《かが》めると、背中に乗せて地面へ叩きつける。

「調子に乗りやがって！」

偉そうにふんぞり返っていた男が怒鳴った瞬間、ペスカの悲鳴が聞こえた。うずくまって隠れていたところを、残りの男に見つかってしまったのだ。結んだ髪の根元を掴まれているのが見え、ジニアの頭に血がのぼった。こめかみを震わせ、拳を固める。

そのとき、ジニアと対峙《たいじ》した男が腕を振りあげた。平手打ちにされるのを寸前でかわして距離を詰める。急所をはずさずに膝蹴りを入れる。

「ペスカ！」

叫んで振り向くと、体格のいい男がひとり増えていた。ちょうど薄暗がりの陰に入って顔が見えない。

「広場へ逃げるぞ！」

いきなり呼びかけられ、ジニアは戸惑った。しかし、ペスカの腕を掴んで立ちあがらせた男に肩を押して急かされる。

視界の端に、ペスカの髪を掴んでいた四人目の男の悶絶《もんぜつ》するさまが見えた。ほかの三人は地面に座りこみ、悪態だけが逃げるジニアたちを追ってくる。

広場までは目と鼻の先だ。走り抜けると、華やかに明るいかがり火に迎え入れられた。

カフェやレストランも営業していて、ここには女性たちの姿もあった。グラスを掲げてはしゃぎ、甲高《かんだか》い声をあげて笑いころげている。山車の並んだ通りとは違い、広場のにぎわいは朝まで続く。

「助かりました。ありがとうございます」

思いがけない加勢に感謝して頭をさげる。波打つ髪が肩から流れ落ち、腕にしがみついたペスカもつられて腰を折った。

「いや、いいんだ。きみひとりでも、こと足りたと思うけどね。……ケガはないかい」

ジニアと顔を合わせることなく身を屈めた男は、穏やかな口調でペスカへ問いかけた。

「おかげさまで……、ありがとう、ござい……ます……」

ペスカの声が途切れとぎれになり、不思議に思ったジニアは姿勢を正した。ふたりを交互に見る。知り合いかと思ったが、そうでないことはすぐにわかった。

しかし、顔に見覚えがあり、瞬間、ジニアの心臓は止まりそうに跳ねた。

あの美丈夫だ。群衆にまぎれ、熱心な視線を向けていた男が目の前にいる。

ペスカが声を途切れさせたのも、彼の容姿を目の当たりにしたからだった。凛々《りり》しく端正な顔だちは男性美に溢《あふ》れ、余裕の表れのような微笑みが清々《すがすが》しい。

「きみは？　拳を痛めてない？」

手のひらを差し出され、ジニアは油断した。ふらりと拳を置いてしまい、即座に後悔する。けれど、惑うほどのこともなかった。

男はごく自然にジニアの手を検分し、そのまま宙に放す。

「ケガはしていないね」

「……うん」

ジニアは臆さず、わざとくだけた感じにうなずいた。三人のあいだに沈黙が流れ、男は黙ったままで広場へ目を向ける。前髪の先だけがゆるやかにカーブして、きりりとした眉にかかっていた。

ジニアは、彼の名前を聞こうとしたが、すぐにくちびるをつぐんだ。

数人の男たちが駆け寄ってくるのが見え、気を取られたからだ。

「ここにおられたのですか」

先頭に立つのは、苦み走った中年の男だ。緊張感のある声色には叱責《しっせき》の雰囲気も含まれていたが、言葉を向けられた男は気にも留めないそぶりで片腕を腰の後ろにまわした。背筋をシャンと伸ばした格好は上流階級の所作だ。

「帰るよ。……もう、夜も遅い。きみたちも気をつけて」

視線がジニアとペスカへ向けられる。

「……宿はどこかな？　裏通りなら心配だ」

ふいに眉根をひそめ、男はひとりごちて、こくりとうなずいた。

「護衛をひとり、貸そう。腕が立つからね」

そう言って、集団の一番後ろに控えていた青年を呼び寄せる。

「そっと見送るだけで、彼らの邪魔にならないように。……それじゃあ、おやすみ」

男の視線はジニアをかすめ、ペスカへ向かう。

「ありがとうございました。おやすみなさい」

いつになく素直な声が返り、ジニアは驚いた。ペスカを見やり、すぐに男へ視線を転じる。

するると、群衆にまぎれていたときと同じ緑の瞳が待ち受けていた。澄んだエメラルドの色が、薄闇に深みを増す。

ふたりはなにも言わなかった。その代わり、彼のくちびるがかすかに動くのを見る。ジニアは、わかったとも、わからないとも口に出せず、出してはいけない気さえして、そっけない別れの挨拶を残してペスカを促した。

歩きだすと、『護衛』と言いつけられた男があとをついてくる。

「あの人、どこかの偉い人なの？　あんた、本当の護衛？」

ジニアの腕に掴まったままのペスカが肩越しに尋ねたが、男は無表情を崩すことなく沈黙を守った。まるで軍人のようだ。

「ジニアはどう思う？」

広場を抜けて裏路地へ入る。広場や大通りに面した宿は安全だが、祭りのあいだは宿代の高騰が著しい。普段は野宿で過ごす旅の一座が選べるのは裏路地の安宿だけだ。

ジニアは声をひそめ、ペスカの問いに答えた。

「さぁ、どうかな。護衛だなんて、ちょっとした冗談だろう。きっと、このあたりの豪商か、大地主の御曹司《おんぞうし》に違いないよ」

「でも、すごい美形だった。あんな男前はめったにいない」

「うん、確かに」

ひと目見たら忘れられないほどの男ぶりだが、立ち居振る舞いが洗練され、悪目立ちはしなかった。

「もしかしたら、アルファかもしれないね」

ペスカの声がわずかに高くなり、ジニアはわざとらしく肩越しに視線を投げた。護衛役の反応をうかがったのだが、やはり無視される。

それに気づいたペスカはおおげさなため息をついた。

「名前ぐらいは言うんじゃないかと思ってた」

「そうだな、それがセオリーだもんな」

答えながら、ジニアは戸惑った。出会いのきっかけにする場合のセオリーだ。なにげない縁を持ち、名前を聞きあう。そうすれば、互いを探すことができて、次の約束に繋がる。

祭りの最中であっても、じれったいほどの奥ゆかしさだ。しかし、紳士的な振る舞いとは、そういった『しかるべき手順』を踏むものだった。

「名前を言い残すつもりで護衛をつけたと思わない？」

腕を引かれ、こっそりと耳打ちされる。

ペスカの声はどこか高揚しているように聞こえた。相手は目を奪われるほどの美丈夫だから、まだ性的指向の定まらないペスカの興味を引くのだろう。

そして、ペスカの言うとおりに彼がアルファなら、男も女も誘いには抗《あらが》えない。アルファのオーラやフェロモンとはそういうものだと聞いている。

「アルファとベータって、どうなるの？　恋になるのかな」

ペスカが興味本位の軽い口調で言う。

「オメガを見つけ出せないアルファは、ベータで用を済ませるんだから、それなりだろ」

ジニアはいつもと同じに答えた。

あの男がアルファだとして、美少年と美青年、どちらのベータに興味を持ったのかは不明だ。ジニアよりもペスカを丁重に扱っていたが、ふたたびの誘いはジニアに向けられた。

『明夜、ここで』

彼のくちびるは空動きして、そうとだけ言い残したのだ。簡単な言葉だから、くちびるを読み違えることはない。

ジニアとペスカが安宿に着くと、後ろを歩いていた男がぴたりと足を止めた。ふたりを促しながら、やはり口は閉じたままだ。

ジニアとペスカは目配せをした。真面目な青年をからかいたくなったが、アルファかもしれない美丈夫に免じて、おやすみの挨拶を投げただけで宿へ入る。小さなロビーはまだ明るかったが、宿の主人が出てくる気配はなかった。

「名前を言わなかったね」

ペスカがくるりと身をひるがえした。腰の後ろで両手を組み、ジニアを見あげてくる。

「うん、言わなかったな」

誘われたことを隠して答える。騙《だま》されていると気づかないペスカは、瞳をきらめかせて肩をすくめた。

「安心した？」

「え？」

ジニアは首を傾げる。色白で華奢なペスカの腕が、肩へと伸びてきた。

「心配しなくても、ぼくはジニアが一番好きだよ。美丈夫よりも、美人がいい」

めいっぱいのつま先立ちで近づき、くちびるの端にチュッとキスが当たった。ペスカはときどき、そんないたずらをする。

「見る目があるよ、おまえは」

あどけない瞳に笑みを返し、華奢な腰のラインへ腕をまわす。寄り添い、額を合わせた。ぐりぐり押しつけると、ペスカは嫌がって身をよじる。

しかし、淡い紅色のくちびるからは笑い声がこぼれて止まらない。

ふと見つめられ、ジニアは微笑みを返す。甘えん坊の弟分を眺め、長い一日の終わりに眠気がやってくるのを感じていた。

【2】

花祭りの二日目も、海を映したような空は青く澄み渡っていた。鳴き交わす海鳥が汐《しお》の匂いを運び、港町はいっそうの活気を見せる。

ジニアたち旅の一座は昼になって起きだした。夜の興行まで、それぞれが勝手気ままに時間を過ごす。

町や海へ繰り出す仲間もいたが、ジニアは遠くから聞こえてくるにぎやかな音に耳を傾けて暇を潰《つぶ》す。窓辺へもたれた足元には厚手の敷物があり、眠り足りないペスカが横たわっている。寝息は穏やかだ。

安宿の三階だが、隣の屋根とのあいだに、小さく切り取られた空が見える。

窓の花台に置いた鉢植えのジャスミンはだらりと枝を垂れ、花盛りの甘い匂いが風に巻かれて流れていく。

アグリフォーリオといえば、有名な保養地スターリオのそばにある静かな漁業の町だ。祭りの三日間だけ、花に溢れて観光客が集まる。ジニアは、活気のあるときも、ないときも知っていた。

「おまえら、若いのに……。海でも見てきたらどうだ」

部屋のドアが、ノックもなしに開く。マウロのあきれ声に対して、ジニアは人差し指を立てた。くちびるにそっと当てる。

「ペスカが寝てるんだ。静かにして」

声をひそめて言うと、白髪《しらが》まじりの眉がぴくりと動いた。

「どうせ、寝たふりだ。耳は起きてる」

「でも、ほっといてやってよ。海は昨日、見たよ。山車見物も、夜にね」

アグリフォーリオを訪れるのは一年ぶりだが、半日もあれば巡れてしまう町には、見所がほとんどなく、海辺の店も普段使いの食堂ばかりだ。

毎年、花祭りに合わせて通っているから、期間中の町も隅々まで知り尽くしている。それでいて顔見知りは増えない。

旅の一座は、風のようにやってきて、風のように去っていく。根無し草は忌避されて当然の存在だった。どこへ行っても定着できず、流れ流れて生きている。

「昨晩もずいぶんと遅くまで遊んでいただろう。おまえらは見た目があれなんだから、夜更《よふ》けにふらふらするんじゃないぞ」

「若いんだから、夜遊びさせてよ。昼に飲む酒と夜に飲む酒は味が違う」

「一人前の口を利《き》きやがる。……まだ二十二のくせして」

「もうじゅうぶんに大人だろ。それで、用件は？　ないのに、わざわざ顔を見に来たの？　気持ち悪い……」

「うるせぇな」

マウロの年老いた眉根にいっそうの深いしわが寄る。睨《にら》まれてもおかまいなしに肩をすくめ、窓辺へもたれて外を見た。小さく切り取られた空に雲が流れている。甘い花の匂いに気を取られたジニアは目を細めた。

繊細に整った顔だちに憂いが生まれ、マウロが小さく舌打ちを響かせる。ジニアの気を引いて話しはじめた。

「閨飾りの仕事は明日の夜に決まった。ベータ同士の夫婦だって話だから、気負うこともないだろう」

「礼金はいいの？」

「そりゃもう、前金もたっぷりもらってある」

「ふぅん、そっか……」

ジニアはかすかにうなずき、腕を差し伸ばした。着古した生成りのシャツはあちこち継《つ》ぎ接《は》ぎだらけだ。それでも、袖《そで》の先から伸びるジニアの指は細長くて美しい。踊っていないときでも、指先にまで雰囲気があると評判だ。

「なんだ」

マウロが声を沈ませ、ジニアは目を据わらせた。

「お小遣い。くれなきゃ、逃げる」

「逃げたら折檻《せっかん》だぞ」

「できるもんならやってみろよ」

手を差し伸ばしたまま、じっと見つめる。マウロは苛立《いらだ》った顔で狭い部屋を横切り、敷物に横たわるペスカを避けてジニアへ近づいた。ポケットを探り、ぐちゃぐちゃになった紙幣を取り出す。一枚、二枚とめくり、適当なところで引き抜いた。

「ほらよ」

手のひらへ乗せられ、瞬時に握りしめる。くしゃくしゃの紙幣はいっそう潰れたが、おかまいなしでズボンのポケットへ押しこんだ。

「礼ぐらい、言わないか」

不満げに言われ、ジニアはそっぽを向いて答える。

「ヤダよ、働くのは俺なんだから……」

「座ってるだけだろ」

「そんなこと言うなら、あんたが座ってればいいだろ。どうせ、顔を隠すんだから」

「……顔を隠したって、おまえみたいには座っていられねぇよ。想像してもみろ」

言われて、ぼんやりと思い描いた。

部屋の隅に置かれた椅子《いす》に座る、恰幅のいい老体。身体つきを覆い隠す薄布のドレスをまとっても、全身から滲《にじ》み出る横柄な態度は隠せまい。その上、こらえ性もなく足を揺すり鳴らすに決まっていた。

ジニアはいつものように吹き出し、マウロを見た。

「ごめん、ごめん。マウロには無理だった。みんなのごちそうのために、おとなしく座ってくるよ」

「そうしてくれ。次の町で宴会をやろう。……ペスカは本当に寝てるのか？」

華奢な身体のそばへ片膝をついたマウロが、背を丸めながら寝顔を覗きこむ。

「子どもの顔だな。そろそろ大人にしてやらないと、踊りに色気が出ねぇな」

「まぁ、それはね」

「……そこいらのやつが嫌だって言うんなら、おまえが相手をしてやったらどうだ」

マウロの表情に下卑たところはない。ジニアやペスカ、ほかにも何人かの子どもを拾っては面倒を見てきた男だ。もちろん金を稼ぐためではあったが、大人でも子どもでも、懐へ入ってきた相手に対しては家族の情をいだき、虐待したり折檻したりすることはなかった。

「ままごとみたいだと思わない？」

さらりと答えて、足を組み直す。

「俺とペスカじゃ、どっちが下になったって色っぽさの欠片もないよ。子犬が絡みあってるようなもんだ。そう思うだろ？」

「うぅん……、そうか、そうだな……」

想像してみたのだろう。マウロは真剣に眉をひそめ、ひょいと肩をすくめた。

「踊っているときのおまえらは、とびきりなんだけどなぁ」

「それはそれだよ」

長い髪をかきあげ、ジニアはまた窓の外を眺めた。踊っているときは特別だ。観客のために色気を出しもする。

「そういえば、マウロ……」

眺める空に白い雲が流れていき、昨晩出会った男のことをマウロにも話してやろうと振り向いた。しかし、ジニアの声に気づかずに部屋を出ていくところだ。

「きれいな顔だったな」

閉じられたドアを見つめ、ひとりごとをつぶやく。

別れ際の声に出さない約束が、エメラルド色の瞳と共に思い起こされた。

そして、群衆にまぎれた姿もよみがえる。溢れかえる人々のなかで、光を浴びたようにはっきりと見えていた。洗練された雰囲気が体躯と顔だちのすべてから滲み出ていた。

本来なら保養地のスターリオで見かけるタイプだ。花祭りの見物のために護衛を伴うことは珍しくないが、あれほどの夜更けに路地を歩いたりはしない。

見かけによらず、よほどの遊び人だろうかとジニアは考えた。膝を抱き寄せ、線の細いあご先を預けてため息をつく。

女と思って誘ったわけではないだろう。ならば、男とわかっていて口説くつもりだろうか。ペスカみたいな愛らしい少年より、色のついてきた青年を好むのかもしれない。

相手の性癖を気ままに想像して、窓辺のジャスミンを摘み取る。横たわるペスカに向かい、ぽいっと投げた。小さな白い花はひらひらと舞い落ちていく。

ジニアはまたひとつ、もうひとつ、摘んでは投げる。花を散りばめたペスカは純潔そのものだ。眺めるうちに、胸の奥がちりりと痛む。

愛らしいペスカも、一座にいる女たちも、同じく踏みにじられる性に違いなかった。男だからとか女だからとか、そんな外見的特徴のことはものの数に入らない。子どものころから性的なまなざしにさらされ、卑《いや》しく不愉快な気分を味わってきたジニアにはわかる。

はした金で身体を求められ、断れば暴力をふるわれる。旅芸人は娼婦でないと拒んでも無駄だ。近寄ってくる相手はみな、ジニアたちを雑に扱う。

世のなかには目に見えない階層があり、金を持っている者がいつも強い。そして、ジニアたち旅芸人は下層に属すると見られ、女と子どもの存在は特に軽かった。

なまじ美しく生まれてしまったジニアとペスカも、踊り子として容姿を売りにしていく限りは『男』として不完全になる。筋骨隆々の肉体にならなければ、オメガ同様、男から性的好奇心を向けられる立場だ。同性同士の純粋な恋愛さえ叶わない。

だから、これから初体験を迎えるペスカのことが気がかりだった。

淡い恋でもして、その相手と相思相愛の契《ちぎ》りを交わせたら、どれほどいいだろう。別れることがわかっていても、気持ちが重なった先の行為なら幸運だ。

昨夜の男が、ペスカに向けた微笑みがふいに思い出された。

彼は紳士に違いない。ジニアを口説きたくて誘ったわけではなく、ペスカへの橋渡しを頼む気でいるのだ。そう考えると、すべてが腑《ふ》に落ちる。

ペスカが恋の相手と丁重に扱われるのは当然だと、足元に横たわる美少年を誇らしく見つめる。ジャスミンの小さな花を散らして眠る顔つきはこちらから見えないけれど、愛らしさはよく知っていた。

あの美丈夫が色恋の手始めにふさわしいかどうかを、もう一度会って確認しようと決める。

下層の踊り子だからと無体を働く男には任せられないが、見た目どおりの紳士なら、女を知るよりも先に抱かれたってかまわないはずだ。

ジニアは摘んだ花を口元へ引き寄せた。

ペスカが他人を知るはじめての体験が、美しい記憶になって欲しいと心から願う。いっそ、彼がペスカを深く愛し、ペスカも彼を愛し、旅の一座を抜けていつまでも幸福に暮らしてくれたらと、花の甘い匂いを嗅《か》ぎながら夢を見る。

「なに、これ……」

寝ぼけて目を覚ましたペスカが、おっとりとした声を出す。顔のあたりに散らされた花を摘まみ、静かにゆっくりと息を吸う。

「おまえの身体から湧《わ》いて出てきたんだ」

花を窓の外へ投げ捨てたジニアが声をかける。ペスカはごろんと仰向けに転がった。

「からかわないでよ……。ジニア、髪を梳《と》いてあげる。それから、海を見に行こう？」

「ここの海なんて、知れてる」

「ぼくは好きだな。スターリオの肩肘張った浜辺よりも『日常』って感じがするもん」

「わかった。おまえが言うなら、海でもどこにでも見に行くよ。この時期なら屋台が出てるだろうから、そこでなにか食べるのもいいな」

ジニアが立ちあがると、ペスカの手がするりと伸びて指先を引いた。

「髪を梳かしてから、って言っただろ。海風が巻くから、結んだほうがいい」

見あげてくる瞳はまだあどけない。大人の色恋をさせようなどと考えたことが恥ずかしくなるほどだ。

しかし、いつかは恋をする。他人を深く愛してしまう日も来る。

引き戻されたジニアはふたたび窓辺へ腰かけ、ペスカのやりたいままに髪を任せた。

夕暮れまで自由に過ごした仲間たちは、陽が傾きはじめたころに宿へ戻ってくる。ジニアとペスカは早めに海から戻り、ひと眠りして体力を蓄えた。

若さのおかげでたいていの無理はできるが、祭りの夜の興行は気が抜けない。万全の体調で挑まなければ、見物客にがっかりされるどころか、来年の場所取りにも影響を及ぼす。今年は時間も場所も一等地を用意された。

もちろん、去年のジニアの踊りが評価されたからだ。

夜が深くなり、一座の興行がいよいよ始まった。

二夜目は前日以上の熱気になり、ジニアは肌を紅潮させながら汗を飛び散らした。ステップは激しく、ジャンプも高く、いっそうなまめかしい視線を群衆へ投げかける。

高揚した面持ちを端から眺めていく。見た端から顔を忘れてしまうのはいつものことだ。自分へ向けられる視線が爛々《らんらん》と輝き、リズムに乗っていればそれでいい。あとは踊ることに熱中していく。

手足につけた鈴が鳴り、身体の線が透けるほどの薄布がひらめいて揺れる。

宵闇《よいやみ》に包まれた夜空で星がまたたき、たまご色した三日月が光る。広場はたいそうな人いきれだ。

ジニアは動きをゆるめ、汗で濡れた長い髪をなびかせた。楽団の端でタンバリンを鳴らしていたペスカを呼びこむ。

舞台といえるものはなく、左右に分かれて演奏する楽団に挟まれた空間がそれだ。ふたりは息を合わせて、ステップを踏む。ジニアの手足につけた鈴とペスカのタンバリンが呼応して、手拍子が空高く吸いあげられて響いた。

夜風が爽やかに吹き抜け、汐の匂いと花の香りが混然となる。一年が巡り、ふたたび夏が来た喜びに浮かれた観客たちの歓声は、さざ波に似て広場を満たす。

そのとき、ジニアの視界にひとりの男が飛びこんできた。昨夜の美丈夫だ。彼は人垣の最列にいて、ただ立っているだけだった。それでもやはり、はっきりと見ることができる。

宝石のような瞳が脳裏をよぎり、ジニアの背筋に痺《しび》れが走った。ぞくりと肌が震え、かすかにあごがあがる。

ジニアはそれきり、彼を見ることができなくなった。

なぜかはわからない。あまりに存在感がありすぎて、踊りの邪魔をされている気がしたことも事実だ。

しかし、ジニアの踊りが止まることはない。これが生きていることだと全身で表現しながら、くるくるまわり、飛びはね、髪を揺らして宙へ指先を差し伸べる。鈴がシャンシャンと鳴り響き、くちびるはわずかに開いたままになる。

恍惚の瞬間にまつげを伏せると、汗が水しぶきになってきらめいた。すべてを忘れて没頭する。ジニアには過去も未来もなく、この瞬間にすべてを捧げて踊った。

そして、今夜の演目が終わってしまう。

割れんばかりの拍手を聞き、肩で息を繰り返す。あと一曲踊りたいと心底から望んだが、手足が熱く痺れて放心した。

「ジニア！　今夜もすごかった！」

長い髪を編みおろした女がひとり、楽団のなかから飛び出してくる。ララだ。

「後ろで見ていて、ぞくぞくしちゃった。今夜は飲もう！　そういう気分よ！」

明るい笑顔で肩を抱き寄せられ、勢いに負ける。それもいつものことだ。ララとはぐんと年が離れていて、母親といってもおかしくはない。

ただし、口に出せば殴られる。あくまでも『ララ姉さん』だ。

「ペスカも上手だったわよ。いらっしゃい、いらっしゃい」

ジニアの肩に片手を置いたまま、ペスカを手招きする。

そうしているうちに仲間たちが集まり、今夜は揃《そろ》って飲み明かそうと盛りあがった。祭りの興奮に押され、汗をぬぐったジニアも彼らに従う。

足はふわふわと雲を踏むようで、疲労した身体には高揚感がめいっぱい募っている。

楽器を宿へ運び、服を着替えてから裏路地にある安い酒場の店へなだれこむ。支払いを任されたくないマウロはいつのまにか消えていた。

三杯目の発泡酒を飲み干したジニアは、仲間たちが歌う陽気な曲に耳を傾けながら、かすかな違和感を覚えた。胸に引っかかりがある。それがなにかと考えるよりも早く、小さく飛びあがった。グラスを置いて、店を出る。

「どこへ行くの！」

背中にララの声がかかり、よろめいて足を止めた。

「約束があるんだ」

素直に答えると、訳知り顔のうなずきが返る。

「あら、そう。あんたもやるわね。去年はうぶだったのに」

「今年もうぶだよ。相手は男だし」

「……それはうぶじゃないわ」

「誤解してるよ」

苦笑いしてズボンのポケットを探り、なかに押しこんでいた紙幣を取り出した。マウロからもらった分け前だ。

「これ、支払いの足しにして。……あ。もし余ったら返してね」

「あら、ずいぶんと豪勢ね。閨飾りに行ったの？」

「明日だってさ」

「せっかくの三夜目なのにね」

「きっと寝ちゃうよ」

閨飾りをするのは、興行のあとだ。身体は疲れきっているから、よほどいやらしい行為を聞かされない限りは居眠りをしてしまう。他人のセックスほど退屈なものはない。

「ギンギンになるよりはましよ。……さ、行きなさい。ペスカが勘づいちゃうわ。本当は、かわいい子を見つけたんでしょう?」

笑いじわの刻まれた目元に対して、ジニアは戸惑った。相手が狙《ねら》っているのはきっとペスカだ。そう説明しようとしたが、第一声さえ遮《さえぎ》られて急かされる。

「はいはい、早く、早く」

追い立てられて歩きだしたジニアは、路地を抜けて右に曲がった。その先をまた右へ曲がれば、興行をおこなった広場へ続く大通りへ出る。

ララはいつもジニアたちを気にかけ、特に男女との出会いには目を光らせていた。言葉は冗談まじりのからかいだったが、恋でしくじらないための忠告だ。

恋に破れて病んだ母の姿を覚えているジニアは、言われるまでもなく慎重だったが、出会いを避けてきたわけではない。ゆく先々のかわいい女の子たちと淡い恋を楽しみ、ときには深い関係にも進んだ。

しかし、はじめから破れるとわかっている恋に、深入りはできない。ふたつ前の街で知りあった相手には手酷く非難されたが、なにも言い返さなかった。

彼女には彼女の、ジニアにはジニアの生き方がある。

いまはまだ踊り続けていたいから、羊飼いの娘との恋も口先だけのことだ。

しかし、今夜に限っては、恋も愛も関係なかった。

相手はペスカに惹《ひ》かれている御曹司だ。昼のあいだは初体験の相手になどと考えていたが、酒を飲んでいるうちに気分が変わった。どんなに育ちがよく見えても、踊り子風情に声をかける男は遊び人と決まっている。ペスカの相手としてふさわしいはずがなかった。

酒をたらふく飲ませれば、泥酔《でいすい》して本心を口走るはずだ。化けの皮を剥《は》がす楽しみに、鼻唄を歌い、ジニアは広場へ続く大通りへ出た。

今夜はまだ、女や子どもの姿がある時間帯だ。花で飾られた山車が置かれ、四方八方から楽しげな笑い声が聞こえてくる。

祭りのにぎやかさに、ジニアの心も浮かれた。約束の時間はない。だから、あの男が待っているかどうかも怪しかった。

通りを足早に進むジニアは、約束のことなどほとんど忘れ、ほんのひととき、自分だけの時間を満喫する。仲間と離れ、ひとりになって、そのうちに浮かれた心が沈んで寂しくなるまでのことだ。胸の奥がずんと重くなって、息をするのもせつなくなって、やがて仲間の存在がありがたく感じられる。

旅の一座はまるで疑似家族だ。揉《も》めごとは絶えず、快適なばかりでもない。それでも、嫌うことはできずに許してしまう。そうでなければ、どちらかが一座を抜けて去っていく。

なおも歩いていると、ぐずる子どもの泣き声がジニアの耳へ飛びこんできた。屋台の前で泣きわめき、どうにかして飴菓子《あめがし》を買ってもらおうと道へ転がっている。まわりの大人はくすくす笑い、胸の前で腕組みした父親は困り果てた表情で天を仰ぐ。横目で見て通りすぎたジニアは、遠くなる泣き声に子どもの気持ちを想った。あれは親への甘えだ。菓子は買ってもらえないかもしれない。けれど、あの子には、泣き声を聞いてくれる人がいる。

九つで生き別れた母を漫然と想い浮かべ、足が止まる。ちょうど広場が見渡せる場所まで来ていた。

胸の奥が締めつけられて痛むのを、弱さだと恥じて首を振る。物思いを心から追い出してあたりをぐるりと眺めた。

広場はまだまだ盛況だ。今夜も夜通しのにぎわいに違いない。

カフェやレストランの店の前に溢れ出した椅子とテーブルで、だれもが楽しげに酒を酌み交わしている。朗《ほが》らかな歌が聞こえて、笑い声が響く。

ふいにジニアの腕が引かれ、ここで飲まないかと誘われる。そつなくかわし、高い位置で結わえた髪を揺らし、先へ進んだ。

男を探しながら歩いたが、そのうち、どこのテーブルでもいいから、騒ぎへまじって飲みたい気分になる。出会いだの恋だの、面倒なことがいっさいないバカ騒ぎだ。

次の誘いには乗ってみようかと心が揺らぐ。

しかし、その気はすぐに失せた。視線を感じて振り向くと、あの美丈夫がいたからだ。見晴らしのいい席から立ち、するりと椅子のあいだを抜けてくる。

「来てくれたね」

さりげない微笑みには、かすかな酔いが見えた。けれど、想像していた下心は微塵も感じさせない。口調も顔つきも紳士的だ。

思い起こせば確かに、昨夜もそうだった。印象を勝手に書き換えてしまっていたらしい。

こんな祭りの夜でなければ知りあうことのない誠実な相手に思えた。生きている世界がまるで違っている。そう思うと新しい好奇心が湧いてきた。

「くちびるを読み間違えたかと思った」

ジニアが答えると、彼は高揚を滲ませた目でほろりと笑った。

「夜通し待つつもりだった」

「酒に飲まれるよ」

「それもいいさ。この店には長くいすぎたから、海辺の店へ行かないか。魚料理で酒を飲もう。奢《おご》るよ」

長年の友人を誘う口調で、男は指を立てて道を促す。

見るからに仕立てのいいシャツの袖を腕まくりにして、襟元のボタンもはずしている。襟元の肌は汗ばみ、太々とした首筋がたくましい。

中性的な繊細さを感じさせるジニアとは正反対だ。かといって、警戒するべき粗野な雰囲気も感じなかった。

ジニアはくちびるを片側だけ歪め、断る理由もないからと誘いに乗る。

「このあたりには詳しいの？」

人の波をすり抜けながらジニアは尋ねた。口調はかろやかで、やはり気安い。向こうから来た通行人が、ジニアと男のあいだを通り抜けていく。ふたりはまた肩を並べた。

「そうでもない」

男の答えを聞き、納得してうなずいた。

「あんたみたいな人は、スターリオにいるほうがしっくり来る」

有名な保養地であるうえに、高級な宿が軒を並べている。周辺国の王族や貴族、裕福な商人などが集まり、シーズンになれば、豪華なパーティーが毎晩開かれる社交場だ。

「花祭りは特別だ」

答える男の口調は落ち着き払い、喧噪のなかでもはっきりと聞き取れる。ジニアは大きくうなずいて同調した。

「いろんな祭りを見てきたけど、この三日間はやっぱりすごいよ。みんな、興奮してさ、頭が変になってるもん」

「きみもそう？」

通りのいいやわらかな声で問われ、ジニアはくすぐったくなって男の肩を押した。『きみ』と呼びかけられることに慣れない。

「昨日も今日も、俺の踊ってるところを見たんだろ？　そのまんまだよ。なにもかも忘れて踊るだけだ」

「確かにひとときでも現実を忘れたよ。こんなことははじめてだ」

「……とんでもない悩みでもあるの？　おおげさだな」

横に並ぶと、頭半分ほど彼の背が高い。バランスのいいスタイルで、固太りはしていない。ほどよく鍛えられた体躯だ。

「なに？」

不思議そうに見つめ返され、見惚れていたジニアは肩をそびやかした。

「べつに！」

勢いよく答えた声が、思いがけずケンカ腰に聞こえたが、男は気にする様子もなく微笑んだ。ささいな仕草さえ上品で、調子が狂う。行く先々で出会う場末の青年たちとはまるで違っている。『おまえ』と呼ばれ、女みたいだと揶揄《やゆ》されるほうがいくらもマシだ。

こんな男と一緒に飲むなんて、絶対に退屈する。

膨らんだ好奇心がしぼんでいったが、いますぐ逃げ出すほどではなかった。

ほろ酔いのジニアは、結いあげた髪の先を指先でいじりながら海へ向かって通りを進む。しばらくすると汐の匂いが強くなり、かがり火を映した夜の海が見えた。男に促されて左へ曲がる。普段は漁師たちの溜まり場になっている店が、防波堤のそばまでテーブルを出していた。席に着くと、波音が心地よく聞こえてきた。

大きなグラスの発泡酒を頼み、つまみも適当に持ってきてもらう。

「ほかにも、食べたいものがあれば遠慮なく……」

並んだ皿を見渡した男が言う。ジニアは片っ端から手を付けたが、姿勢よく座った男はグラスにさえ手を伸ばさない。

ジニアは、自分を見つめてばかりいる相手に向かって頬杖をついた。

「あんた、名前は？　俺はジニア」

「アッドと呼んでくれ」

「……それって、本名？　じゃ、ないか」

「本名は長いんだ。それに……親しげに聞こえないだろう」

親しげにする必要があるかどうかはひとまず置いても、酔ったとき舌がまわらない名前は困る。ジニアは笑ってうなずいた。

「それはそうかもね。じゃあ、アッド。あんたはなにをしてる人なの？　商家の御曹司？　この近くの人間じゃないよな」

「どうしてそう思う？」

「言葉が硬いから。でも、このあたりなら、豪商でも訛《なま》りがあるんだよな。あんたにはまるでないね」

そういうジニアの訛りもきつい。あちこちの土地のイントネーションが組みあわさり、巷《ちまた》では旅芸人訛りだと言われることもある。ときどきは蔑視的《べっしてき》に使われるが、ほとんどは特徴を指摘しただけの言葉だ。ジニアたち旅芸人が恥じ入ることもない。

ジニアは男を眺めながら続けた。

「豪商の御曹司にしては身体を鍛えてるよな。姿勢もいいし……、乗馬をやってるんじゃない？　それと剣術？　軍属にしては物腰がやわらかいから、やっぱり貴族か……。貴族の名前は無駄に長いもんな！」

小料理に手を伸ばし、ぺらぺらと持論を並べ立てる。それをアッドは黙って聞いていた。頬に薄笑みを浮かべ、相づち程度に首を動かす。その仕草がやはり鷹揚《おうよう》として見え、ジニアは落ち着かずに腰をもぞもぞと動かした。店の明かりへ目を向けると、カード賭博《とばく》が目に入る。

「ねぇ、カードは得意？」

振り向くと、視線がぶつかった。ばちっと火花が立つ勢いに驚き、ジニアは目を丸くする。

「失敬……」

無作法を恥じたようにアッドがうつむく。

「腕に自信はあるけれど……こんなところで勝ってもいいものかな」

「へぇ、言うもんだね。まぜてもらおうよ」

答えを聞くよりも早く腰を浮かせる。グラスを手に持ち、男たちが取り囲んでいるテーブルへ近づいた。アッドもあとを追ってくる。

「お兄さん、お兄さん。俺たちも遊ばせてくれない」

ジニアが声をかけると、男たちにどよめきが走る。

「あ！　旅芸人の！　今夜も見たぜ、あんたの踊り」

「俺も、俺も。去年よりもぐっと色っぽくてなぁ、よかったよ。あちこちで女抱いてんだろ？　腰つきに、こう……出てんだよなぁ」

いやらしい品定めの視線を送られた瞬間、アッドの肩がジニアの目の前へ割りこんだ。

「わたしも勝負させてもらいたい」

「ダメだよ、アッド。こんなところで剥き身の金を出すんじゃないよ」

あわてて腕を引いたのは、ポケットから取り出された紙幣がかなりの厚さだったからだ。

男たちはごくりと生唾を飲み、上品な物腰の美丈夫を値踏みする。いいカモが来たと思われるのも当然だ。

ジニアは冷や汗をかいたが、金をポケットに戻したアッドは、なに食わぬ顔をして譲られた席へ着く。その隣を勧められ、ジニアも腰をおろした。

カードが配られはじめると、アッドが小さく指を鳴らす。

「そうだ。向こうのテーブルに料理を残しているんだ。よかったら、どうぞ。……かまわないね？」

カードを確認しながら声をかけられ、応じてうなずいた。

「うん、いいよ。俺は、酒があれば……」

答えてすぐに代わりを頼む。グラスをテーブルに残してきたアッドの分も追加した。給仕をしている女の明るい声が聞こえ、新しいグラスはあっという間に届く。

テーブルを囲んでいるのはジニアとアッドを入れて五人だ。手元に配られるカードは五枚ずつ。絵柄を合わせて、一番強い役を作れば勝ちになる。

「さぁ、張ってくれ」

テーブルを囲んだ男のひとりが、紙幣を中心へ投げて言う。残りのふたりも賭け金を出し、ジニアもズボンのポケットへ手を突っこんだ。

「ふたり分だ」

なけなしの小銭を探しているうちに、隣のアッドが出してしまう。紙幣が五枚、テーブルの中央に集まる。

「……あとで返す」

横顔をちらっと見て、ジニアは小声でささやく。

「きみが勝ったらね」

テーブルを見つめるアッドの声だけが耳に届いた。口調には余裕があり、賭けごとへの高揚も感じ取れる。

ジニアは苦笑いを浮かべ、まつげを伏せた。テーブルを囲む男たちはくちびるの端を曲げ、カードを開く。

勝ったのはアッドの作った役だ。五枚の紙幣が集められ、彼に渡される。

そのまま二回続けてアッドが勝った。

ジニアはふっと息を和らげ、男たちの顔を眺める。

気持ちよく勝たせたあとで追いこんでいくのは定石だ。海沿いの店でカード賭博にまじれば、そうなることぐらいジニアにはわかっていた。

アッドの落ち着き払った顔が青くなるのを見物してやるつもりでいたのだが、いざとなると心がざわめく。アッドは一度負けて、また勝ち、そのあとで、二度負けてしまう。

ジニアはさりげなく彼の手首へ指を添えた。きゅっと握り、勝負を止める。

男たちが不満げに眉を跳ねあげたが、ジニアはかまわず首を左右に振った。これ以上は追い詰めるなと、アイコンタクトを投げて意思の疎通をはかる。

「もうやめよう」

まわりにわざと聞かせながら、腰を浮かした。

「……飽きちゃった」

耳元にささやいて促すと、アッドもカードを置く。

「場を乱しただけになってしまって、すまない。みんなで一杯飲んでくれ」

数枚の高額紙幣をテーブルに残し、ジニアの背中を押した。その場を離れる。

「あんな金の使い方、するもんじゃない」

防波堤のそばの席に戻ったジニアは、料理の皿がすっかり消えたテーブルに両肘をつく。顔を支えて睨むと、葡萄酒《ぶどうしゅ》のグラスがふたつ届いた。カード賭博の男たちが気を利かせたのだ。

「そうか」

彼らに会釈《えしゃく》を送ったアッドが肩をすくめた。

「どちらにしても、金を巻きあげられるところだっただろう？　安くついて助かった。きみに感謝しないと」

「そういうことじゃないだろう。……もしかして、いかさまだってわかってた？」

スターリオの社交場へ出入りしているなら、上品な賭博のたぐいに興じたことはあるのだろう。

「方法まではわからなかったな。でも、いかさまを暴くのは無粋だろう。今夜は特別な夜だ」

「……なにか、いいことでも？」

ジニアはあごをそらし、責めるまなざしをちらりと向ける。大事な金を失ってはかわいそうだと心配したのに、アッドはそれさえも楽しんでいる様子で拍子抜けだ。

「そうだよ」

グラスを掴んだアッドが、うっすらと微笑み、かろやかな仕草でうなずいた。

「きみが来てくれたし、こうして話をしてる」

「目的は俺じゃないだろ」

グラスを掴んでくちびるに近づけると、葡萄の匂いがうっすら漂った。

「どうしてそう思うのかな。……なにか、気を悪くさせるようなことでも？」

アッドから問われ、ジニアはわずかに苛立った。

「いや、あんたはいい人だよ。金の使い方が危なっかしいけど」

「彼らだって、こうして気を利かせてくれているんだ。悪い人たちでもないだろう」

世間知らずなことを軽々しく言ったアッドが、グラスの葡萄酒を飲んだ。それきり、ぴたりと固まる。

「場末の酒場はこんなもんだよ」

ジニアは片眉を跳ねあげた。感想はわかりきっている。味気ない飲み口なのに、アルコール度数だけは高い酒だ。

「……衝撃的だ」

「お口に合わないのでは？」

ふざけて声をかける。ジニアは笑いながらグラスを空け、ピッチャーで追加を頼んだ。

「ほらほら、たっぷり飲めよ。酔えば、酒の味なんてどうでもよくなる」

「そういうものか」

「どうせ、お行儀のいい飲み方しかしたことないんだろ。人生初の悪酔いを見守ってやるよ」

アッドのグラスを満たしてやり、自分のグラスに向かってピッチャーを傾ける。手が伸びてきて、さりげなく手伝われた。

「そういや、今夜は護衛がいないね」

重たいピッチャーをアッドに任せ、あたりをぐるりと見渡した。いないと思っていたが、建物のそばに人影があり、こちらを見ている気配がする。遠巻きに警護されているのだ。

貴族なら納得のものものしさだが、よほどの名家ということになる。つまり、踊り子をからかって遊んでやろうと思うような放蕩《ほうとう》息子でもない。

ますます魂胆がわからなくなり、ジニアは杯《さかずき》を重ねた。

「ペスカを気に入ったんだろ？」

葡萄酒の酔いがまわりはじめたところで、単刀直入に切りだした。

「ん？　だれ？」

思いもかけない朗らかな笑みをアッドから向けられ、ジニアは戸惑った。

安酒を飲ませたせいか、アッドの酔いは早く、顔つきから硬い緊張が消え、ジニアを見つめたきり、視線がはずれない。

「だからさ、俺と一緒にいた、かわいい……」

「あぁ、彼か。ペスカというんだね。……きみ、酔うのが早いな」

手が伸びてきて、指の関節が頬に触れた。絶えず吹く海風のなかで、アッドの指は熱く、ジニアの頬も火照《ほて》っていた。思わず肩を引いて逃げる。

「あんたと会う前に、仲間と飲んでた」

ジニアが答えると、アッドは酔いで揺れる目を細めた。

「抜け出してくれたのか」

「昨日の夜、助けてくれたお礼。俺は、義理堅いんだ」

「……そうか。善行はするものだな」

伸ばした手を宙に浮かしたまま、アッドが小首を傾げた。かがり火の陰になり、瞳の緑色が深くなる。

「あんたは変に、お堅い……」

「変だろうか?」

自分の頬に触れたアッドが大きく息を吸いこんだ。

「緊張しているのかもしれない。他人の気を引こうと思ったことがないんだ……。先ほどは……いや、さっきは、どうして止めてくれたの?」

眉根をひそめながら安酒を飲み、硬い口調をわざわざ言い直す。ジニアは笑みをこぼし、アッドの肩へ手を置いた。

「言っただろ。カードゲームに飽きたからだ」

「助けてくれたと思ったけれど?」

「それもないわけじゃない。……て言うか、あんたはわざと負けるつもりだったんだろ」

「きみに誘われたときは、まともに遊べると思っていたんだ。……わたしの認識が甘かったことは確かだな」

「そりゃあ、無理だよ。スターリオの賭博場とは違うし、あんたは金持ちの観光客丸出しだもん。いいカモだ」

「そうか。残念だな。まともに勝負をしてみたかったが」

「そんなことしたら、あんたのひとり勝ちだよ」

ジニアが肩から手を引くと、視線がすっと追ってくる。くすぐったさに襲われ、睨み返した。けれど、形のいい目に浮かぶ微笑みを見てしまい、すっかりと気を抜かれる。

「やっぱり、危なっかしいんだよ」

投げやりに言って、ジニアから瞳を覗きこんだ。

「あんた、結婚はまだ? 早くしたほうがいいよ。家庭を持てばさ、あんたみたいな人でも財布の紐《ひも》が締まる。金はね、湧いて出てくるものじゃないんだよ?」

「きみはどうなんだ。決まった相手はいるの。例えば、一座のなかに……とか」

「あれはもう家族みたいなもんなんだ。毛が生え揃う前から一緒なんだ、そんな気持ちに……あ、ごめん」

いつもの調子で口にした下品な物言いに気づき、くちびるを手で覆い隠す。

「かまわない。いつものままでいてくれたほうがいい」

「……珍獣見たさだろ？　まぁ、いいけどさ。とにかく、一座の仲間は家族なんだ」

「そうか、素敵だね」

言われ慣れないひと言に、背中がぞくっと震えてしまう。ジニアはため息をついた。

高い位置で結んだ毛先を掴まえ、指先に絡める。急に大きく聞こえてきた波音に耳を傾けながらじっと黙りこんだ。

帰りたいとは思わなかった。退屈でもない。ただ、調子が狂っているだけだ。

「きみは、オメガだろう」

突然、ひっそりと尋ねられ、ぼんやりと視線を返す。

アッドは真面目な顔つきでそこにいた。彼は『アルファ』なのだろう。そうでなければ、こんな質問を口にしない。

生まれてはじめて目にする存在を前に、ジニアはせわしなくまばたきを繰り返した。

「……違うよ」

ひと息置いて目を細める。声を低くして答えた。

「俺はベータだ。発情期が来たことは一度もない」

「嘘だ」

さっぱりとした口調に油断したわけではない。けれど、手を握られて振りほどけず、アッドを凝視した。胸の奥底が疼《うず》いた。

「あんた、オメガを探しに来たのか」

地位も金もある家に生まれることが多いアルファは、ほとんどの場合、見合いでオメガを選ぶ。しかし、つがいを決める前に、より多くのオメガと性交渉をしたがる好色なアルファもいるのだ。会ったことはないが、話には聞いている。

しかし、爽やかなアッドには好色さがない。ジニアは真面目に言った。

「ひと晩の火遊びならやめておけよ。見るからに、そういうタイプじゃない」

「傷つくのはわたしか……」

「アルファには、そんな心配ないんだろうけど。どうせ、結婚前に摘まんでおきたいってやつだろ？　だれに勧められたんだか知らないけど、悪い友だちの口車に乗るな」

「でも、本当の恋が見つかるかもしれない」

アッドの指先が離れ、夢見がちなセリフに頬を歪めたジニアは海風の冷たさを感じた。

いつにない侘《わび》しさに、グラスを鷲掴《わしづか》みにして中身を飲み干す。アッドが黙ってピッチャーを傾けた。赤い葡萄酒の色が薄闇に沈む。

波音がふたりのあいだに聞こえ、ジニアはまた酒を飲んだ。

「きみの言うとおりにするよ。火遊びはやめておく」

アッドは取り澄ました表情で言う。

ジニアがはじめて出会ったアルファは、想像していた人間像とはまるで違っていた。もっと居丈高《いたけだか》で傲慢《ごうまん》だと思いこんでいたのだ。

「でも、見識を深める分にはいいだろう？　ジニア、きみが付き合ってくれ。……明日も、広場で待っているから」

どうして、そうなるのか。

あえて尋ね返すことはやめた。アッドは上流階級の人間だ。ジニアとは生きる世界が違う。考え方も違っている。だからこそ、祭りの夜にはうってつけの相手だ。

ほんの一瞬だけまやかしの友情を感じ、互いをわかった気になって別れていく。恋とは違い、傷つけあう結果にはならない関係だ。

「明日はもう少し、ましな酒を飲もう」

アッドから小声で言われ、ジニアは肩を揺らしながら笑った。

＊＊＊

花祭りの三夜目、祝祭の盛りあがりは最高潮に達する。

町のあちこちで花が撒かれ、集まった若い男女が広場に立てられた柱のまわりでステップを踏む。昼下がりに始まり、夕暮れに一段落して、夜までにジニアたちの最終興行がある。

そのあとで、ふたたび柱のまわりへ人々が集まった。今度はだれもかれもが参加して柱をまわる。ジニアたちも踊りの輪へ加わり、一年ぶりのステップを真似た。

合間に酒を飲み、ジニアは汗をぬぐい、かがり火の燃えるのを眺める。時間が過ぎていく。またしてもはっきりとした約束はない。

昨日はすっかり酔ってしまい、アッドに背負われて宿まで戻ったのだ。

朝までぐっすり眠り、酒気帯びの午前中を過ごした。アッドのことは忘れたり思い出したりして、どこか落ち着かないままに日が暮れていき、夜空はビロードの濃紺に変わった。

寄せては返す波音を聞き、くだらないことを語り明かした夜がよみがえる。

アッドは冗談まで紳士的で、ジニアには理解できず笑えないことも多かったが、すっかり親友になれた気分で再会を誓ったのだ。

なにもかもがありえなかった。

そもそも、一座の仲間以外に泥酔した姿を見せたことがない。いつでも身の危険があり、下心を警戒しなければならないからだ。なのに、油断して気を許し、安酒に酔った。

そのことを思うと、ジニアの胸の奥は熱くなる。

容姿や生業《なりわい》を面白がるわけでもなく、アッドはジニア自身を知ろうとしてくれた。だから、ジニアもアッドを素直に受け入れたのだ。今夜も楽しく酔えるだろうと想像して、空を見あげる。星のきらめきに、そろそろ頃合いだろうと感じた。

テーブル代わりの樽から離れ、グラスを店に戻した。ふらりと外へ出る。

「ジニア！」

腕へ飛びついてきたのはペスカだ。ひとつに結んだ毛先が弾み、愛らしい顔のラインを包んだ横髪が揺れる。

「どこ行くの？　昨日は、どこに行ってたの？」

朝から何十回も繰り返されている問いに首を傾げた。不思議と教える気にならない。

アルファだと聞いたときから、ペスカの初体験の相手にとは考えなくなっていた。

「知ってるんだからね！」

子犬が吠《ほ》える勢いで、ペスカは声を張りあげた。

「あの男でしょ。一夜目に助けてくれた……」

ジニアの腕に絡みつき、胸でぐいぐいと押してくる。踏みとどまれず、店と店のあいだまであとずさる。

「友だちになったんだよ」

変な勘繰りはするなと、すべすべの額を指で押し返す。わずかにのけぞったペスカの頬が膨らんだ。

「なにが、友だち！」

足を踏み鳴らし、苛立ちを隠さずにまなじりをあげる。視線が合うと、大きな瞳できつく睨まれた。

「あのね、あの男がどこのだれだか知ってる？　ぼく、噂を聞いたんだ」

「へぇ、どこのだれ？　教えて？」

ジニアはたいして興味も見せずに答えた。どうせ、今夜限りの友情だ。

あとはたわいもない思い出になって、ときどき手にして眺める押し花同然の記憶になる。

それでも、自分自身を理解してもらう心地よさを今夜も感じたい。ただ、それだけだ。

「聞いたら驚くよ」

胸をそらし、ペスカは自信ありげに瞳を輝かせた。

「……おうさま。王さまなんだよ」

そう言われて、さすがのジニアも前のめりになる。思った以上の肩書きだ。

ペスカは勢いよく、あとを続けた。

「オルキデーアって国で、領地は小さいけど、裕福なんだって。そんな人が、こんなところでなにをしていると思う？」

「オメガ漁りだろ」

あっさり答えると、ペスカは信じられないと言わんばかりに目を見開いた。

「そうだよ！　アルファなんだよ！　でもね、結婚がね、決まってるんだって」

「へぇ、そう……。言ってなかったな」

「言うわけないよ！　ぼくらみたいな、しもじもの、しかも旅芸人だよ。たぶん、オメガだと思って近づいてきたんだ。……最後の夜だ。ベータだってわかっていても、なにをしてくるか、わからないよ。金と権力で、ジニアのことを好きに扱おうとするかもしれない」

「まさか」

まくし立てるペスカを笑いとばし、両手を腰に当てる。ジニアは胸をそらしながら挑戦的に言った。

「この俺が、好きにさせるとでも？　あいつは確かに浮き世離れしてる。そういう立場にあるなら納得だ。でも、危ないことはなにもないよ」

「ジニア、好きになっちゃったの？」

いまにも泣きだしそうな顔ですがりつかれ、ジニアは衝撃を受けた。あまりにも意表を突かれて、声も出ない。両手をあげて、ポカンと口を開き、やがて笑い声をこぼした。

「なにを言ってんだかなぁ。……話が飛躍しすぎだ」

「そんなことない！　ベータがアルファと寝たら、フェロモンにあてられて大変なことになるんだよ！」

　髪を揺らし、ペスカはむずかるように身を揉んだ。

「それに……それにさ、あんまりにも身分が違いすぎる。……ジニアのお母さんだって……そうだろう……。ジニア、いつも言ってるじゃない。身を滅ぼすって」

「あの人は、相手を愛してしまったんだ。でも、男女だよ。男同士じゃない。俺は、女の子が好きだよ。……男に抱かれる気はない」

　ペスカの両肩を掴んで引き剥がし、身を屈めながら顔を覗く。

　ジニアの母は資産家の愛人だった。正妻にいびられ、男からも捨てられ、行き場のないまま心を病んだ。親切にしてくれた人にも騙された挙《あ》げ句《く》、ジニアの養育費をすべて巻きあげられて行方不明になってしまった。おそらく、売春宿へ売られたのだろう。

　ジニアは九つでひとりぼっちになった。一年間は孤児院にいたが、そこを逃げ出したとき、マウロと出会い拾われた。

「どんなに金が欲しくても、男に囲われたりはしない。身分以前の問題だ」

　はっきりと口にして、ペスカをまっすぐに見る。

　ずっと決めてきたことだ。容姿を売れば、男好きの愛人にはなれるし、いまよりも、もっとずっと楽に暮らせる。しかし、それはジニアの古傷をえぐる行為だ。

　なによりも、そこには愛する『踊り』がない。そんな暮らしは望まなかった。

「本当に？　信じていい？」

ペスカの両手が伸びてきて、頬を包まれる。ジニアがうなずくと、ペスカもうなずいた。

そこへ、笑いを噛み殺したあきれ声が割って入る。マウロだ。

「……なにをやってんだ、おまえらは」

ズボンのポケットに両手を入れたマウロは、脱いだジャケットを片方の肩に乗せていた。手の甲で汗をぬぐい、あごをそらした。

「ジニア、おまえ、今夜は閨飾りの日だって言っただろう。時間だ」

押しのけられたペスカが不満の声をあげる。ジニアも眉を跳ねて顔を歪めた。閨飾りの仕事のことなどすっかり忘れていたからだ。ペスカをうまく撒いて逃げ、アッドと酔いどれることだけ考えていた。

「宿に戻って準備をするぞ」

ふたりの反応を受け流したマウロに急かされる。ジニアはうんざりしながら従った。


髪の上半分を結いあげたジニアの全身は、淡い葡萄色で覆われていた。布は向こうが透けそうに薄手だが、繊細な刺繍《ししゅう》が豪奢に施されている。頭からかぶった布には小さな薄い飾りがつけられ、馬車が揺れるたびにしゃらしゃらと音が鳴る。

身体の線はいっさい見えず、口元も薄布で隠され、見えているのは目元だけだ。

宿で支度を済ませ、通りで待つ馬車へ乗ったときからジニアは口を利かず、マウロに手を引かれて高台にある邸宅の裏口から入った。

いつもなら高級な宿屋へ呼び出されることが多い。間違いなく、金のある上客だ。

寝室に置かれた椅子に座らされ、頭にかぶった布地をもったいぶったマウロが直す。視界の端には薄布の垂れ下がった天蓋《てんがい》付きの寝台が見えた。右隣にある。やがて、別室で待つことになっているマウロが出ていく。

しばらくしてドアが開いた。暗がりでうつむいたジニアは足音に耳を傾ける。

「まぁ、本当にきれいな衣装ね。男かしら、女かしら」

「姉さん、誘ってはいけないのよ」

穏やかな声に続き、甲高い声が聞こえた。どちらも甘えるように舌足らずな話し方をする。すぐあとを追って、重い足音が響く。

ジニアは気配だけを感じ取り、床に敷かれた絨毯《じゅうたん》の一点を見つめた。

三人の関係はわからない。だが、服を脱いで寝台へあがる気配がした。退屈で居心地の悪い時間の始まりだ。

「あぁ、嫌だわ。いつもより……」

穏やかだった女の息づかいが激しく乱れ、男がうめく。薄布に囲われた寝台はきしみ続け、三人の喘《あえ》ぎはひっきりなしに絡みあった。男はすでに二回、三回と達していた。しかし行為はまだ続くらしい。

濡れた音の卑猥《ひわい》さにもジニアは動じなかった。女が振り絞る歓喜の声も味気ない。もうすでに聞きすぎるほど聞いてきた淫声《いんせい》だ。

はじめのころは煽《あお》られて興奮もしたが、いまとなっては無心を貫ける。

彼らのやることはいつも同じだ。しつこいほどのくちづけ、通りいっぺんの愛撫。そして挿入、騒がしい寝台のきしみ、甘える嬌声《きょうせい》と荒々しい息づかい。

そこにオメガが座っていると思うだけで、閨で絡みあう人々はいとも簡単に乱れていく。まるで催眠術だと思いながら、寝台脇に座ったジニアは絨毯の模様を視線でたどった。

不感症のように、ジニアの自分の心は動かない。いつからか、そうなってしまった。

ペスカには女を抱いていると思われているが、ベッドへあがってもその気になれずに怒られ、ひと悶着《もんちゃく》が起きる。『閨飾り』をしているせいなのか、別に理由があるのかはわからず、深く考えることもしない。

ふたりの女とひとりの男の息づかいが湿りけを帯びて部屋に満ちていき、ジニアは次第に息苦しさを感じはじめた。アッドとの約束が脳裏をよぎり、本当なら気ままに飲み明かしているはずだと思う。

このまま夜が明けてしまうのではないかと考えた瞬間、急に気が焦《あせ》った。

今夜会えなければ、もう二度と会えない相手だ。ペスカの言うとおり、彼が一国の王であれば、結婚後にひとりで祭り見物をすることはなくなるだろう。

覆い布の内側でくちびるを歪め、ジニアは目を伏せた。

まだ待っているだろうか。今夜も、夜通し待つつもりだったと言うのだろうか。

結婚を控え、羽目をはずしたくなるのは、庶民も貴族も王族も関係ない。だが、そんなときに、踊り子との友情を優先させてしまうなんて、余裕があるにしても度がすぎる。

ジニアがアッドに背負われるまで、ふたりは酔いどれて歩いた。ジニアにつられて右へ左へと蛇行しながら、声をひそめて笑ったアッドを思い出す。

そのときジニアの視界を遮って影が動いた。ハッと息を呑み、身体を緊張させる。薄い布で裸体を隠した女が立っていた。なまめかしく汗ばんだ膝下の内側が濡れている。

「ねぇ、おいでなさいよ。あなた、男性オメガでしょう」

布地が落ちて、湿った音が立つ。

ジニアは小脇に置かれたベルに手を伸ばした。それを鳴らせば、マウロが助けに来る。しかし、全裸になった女の動きのほうが早かった。ジニアの足元に膝をつき、迷うことなく手を伸ばしてくる。すぐに脱げる衣装ではないが、布地の上から探られることさえ耐えがたい。

掴み損ねたベルが転がり落ちていき、ジニアはかろうじて女を突き飛ばさずに立ちあがった。

息が乱れ、動悸《どうき》が激しくなる。

ほんの一瞬、伸びてくる手を、男のものだと思った。アッドだと思ったのだ。

ジニアは戸惑い、なにも考えられなくなった。部屋を飛び出して、廊下を逃げる。

マウロを呼ぶことは、やはりしない。衝動に背中を押されるまま階段を駆けおりて、目に入った扉を開ける。鍵はかかっておらず、外へ出ることができた。

広場まで続く道はよくわからない。けれど、坂をくだれば海へたどり着くはずだ。しゃらしゃらと飾りを鳴らしながら、ピンで頭に取り付けてある布を押さえて走る。

息はすぐに乱れた。額に汗が滲み、背中がびっしょりと濡れる。けれど、かまわずに地面を蹴って進んだ。

アッドの横顔が思い浮かぶ。ただ、それだけだ。

彼にとって花祭りの三日間が特別な思い出になるのなら、今夜も自分が不可欠に違いない。

若き王の望むものが享楽《きょうらく》した愛欲でないことは理解できる。ジニアもそうだ。

女を知り、恋らしきものを経験して、性行為の味気なさに心が萎《な》えた。それよりも、ほんの一瞬の理解が欲しい。自分を見て知って、記憶のなかに残りたい。

ジニアもまた、彼のことを知って、胸の奥に刻みたかった。

だから、蜂蜜色《はちみついろ》した月明かりの道を急ぐ。深く考えず、ひたすらに走った。

大通りは避けたが、暗すぎる裏路地は通らない。ほどほどに混んだ通りを縫うように進むと、驚きの視線がいくつも投げかけられた。

ジニアは自分の格好のことなど忘れ、人でごったがえす広場へ飛びこんだ。あちこちから、からかいの口笛が響いたが、すべて無視する。店先に出されたテーブルを見てまわり、何軒目かでアッドの姿を見つけた。

テーブルにはふたりの護衛が一緒に座り、柱を取り囲む群舞を眺めている。

そこにいるのは確かに、気品に溢れた男だった。

畏《おそ》れおおい気持ちになり、足がすくむ。思わずあとずさったとき、アッドの視線がこちらを向いた。

椅子を蹴って立ちあがった彼を追い、護衛たちも席を立つ。

ジニアは踵を返していた。

けれど、人の波にはばまれて、うまく前へ進めない。揉みくちゃにされながら、まわりの人間を押しのける。その腕を掴まれ、強い力で引き寄せられた。

「ジニア……ッ！」

アッドを見あげてようやく、自分の口元に覆い布があることに気づく。そして、彼が『閨飾りのオメガ』を知っていることも理解した。

「どうして逃げるんだ。……ほかの約束が？」

アッドの指が布越しに腕へ食いこみ、ジニアは痛みに目元を歪める。

長いまつげが揺れて景色がけぶった。汗が流れ落ち、目に入りそうだ。

赤々と燃えるかがり火と清《さや》かな月明かり。そして星は、こぼれ落ちんばかりに空いっぱいを埋めている。

「こんな格好をして……」

アッドの声が耳へ届き、ジニアはびくりと肩をすくませた。声色に滲む落胆が、自分でも理解できないほど激しく心を揺さぶってくる。

違うと言いたかったが、なにが違うのかはまるで説明ができない。仕事は終えてきた。人の閨の横にはべり、考えていたのはアッドのことだけだ。

「行かせない。……行かせないから」

アッドの口調は怒気を含んで鋭く、腕を引かれたジニアは逆らえなかった。

潮目のように揺れうごく人波が押し寄せ、アッドの腕にかばわれる。その両隣では、護衛の男たちが見物客を押し分けていた。

それでもまっすぐに歩くことは難しく、肩を抱かれたジニアは足をもつれさせた。すると、アッドは身を屈め、ひょいとジニアを抱きあげてしまう。

「アッド……っ！」

驚いたのと同時に身体が揺らぎ、あわてて頭部へしがみつく。汗にしっとりと濡れた髪はやわらかく、アッドが動くたび、整髪剤にまじった柑橘《かんきつ》の香りが漂ってくる。

ジニアはぎゅっと目を閉じた。身体が芯から震えてきて、自分の感情の在《あ》り処《か》が見えない。

それでも、抗って暴れる気にはならなかった。

うねって高まる熱気から頭ひとつ抜け出して、ジニアは喘ぎあえぎ新鮮な空気を吸いこむ。

アッドは人波に押されながらも広場を抜けた。

海へ続く通りでおろされ、ジニアは口元の覆いを取る。

「……これも、俺の仕事なんだよ。オメガじゃないけどね。……そんなの、連中は気にしない。ちょっとした興奮剤なんだよ」

早口に言って、アッドの反応をちらりと見る。閨飾りのオメガと称して呼び出され、春を売る踊り子もいるのだ。誤解されているなら弁解したかったが、思いこみほど厄介なものもない。

無駄なことはなにも言いたくなかった。

「……心を病んだオメガにとっては大事な収入源だ。否定するつもりはない」

ジニアが頭からかぶっている布をととのえ、アッドが身を屈めた。

「もちろん、旅の一座にとっても、収入源なんだろう。理解はできる」

瞳を見つめたままで言われ、ジニアはほっと胸を撫《な》でおろした。最悪の誤解だけはされていない。

「ありがとう」

「いや、いいんだ……。でも、座っているだけの仕事じゃないなら、正直に言って欲しい」

「言ってどうなるんだよ」

苦笑いを向けたジニアは、思いがけず真剣なアッドのまなざしに気づいて言葉を呑む。

「どうにでもするよ。きみが本当に意に沿わない仕事をやらされているなら……わたしは」

正義感を溢れさせた緑色の瞳がぎらりと光り、ジニアは彼の正体を思い出した。ぶるぶると首を左右に振る。

「そんなこと、させられてない。今日も無事に終わったところだ。……他人のあれこれを聞かされるのは気が滅入るけど、それだけ。黙って座ってれば大金が舞いこむ。いい仕事なんだ。……約束どおり、飲みに行く？」

「きみさえよければ。でも、その格好は目立ってしまうな」

「頭の布を取ればマシなんだけど……。ピンで髪に固定してあるんだ。どこかの店へ落ち着いて、取ってくれたら……」

「そうか。……じゃあ、わたしの泊まっている船宿まで来ないか」

返事を聞かずに手首が掴まれる。

「まだ答えてない」

強く引っ張られて不満の声を投げると、先を歩くアッドが朗らかに笑った。

「連れていくって決めたから、行く」

「……横暴だ」

「本当に？」

肩越しに投げられるいたずらっぽい瞳は、昨夜の楽しい時間をよみがえらせた。酒気が消えても、一日が過ぎても、ふたりは昨日の、あの時間のままの関係だ。

胸が熱くなり、ジニアは肩をすくめた。アッドを拒絶することは難しい。

「わかった、わかったよ。……船宿なの？」

「うん、そうだ。ここには好みの宿がないから、スターリオから持ってきてもらったんだ」

「はぁ……、ふぅん……」

ジニアが生返事になったのは、手配にかかる金額の多さを想像したからだ。

ふたりが歩きだすと、護衛が他人のふりでついてくる。通りを抜けて右へ曲がり、道行く人のまばらな海沿いを歩いた。

穏やかな海は月に照らされ、岩にぶつかる波の音がとめどない。ほとんどの暗がりにふたり連れの姿があり、肩を寄せたり、抱きあったり、もつれながらキスをしていたりする。

アッドから半歩遅れていたジニアは落ち着かない気分で、彼の横顔へ視線を向けた。

すぐに気づかれ、手を握られる。

「なに、これ……」

指の絡んだ手を持ちあげて尋ねたが、アッドは素知らぬふりで答えなかった。

どちらの手のひらもしっとりと汗ばみ、ジニアはほどこうとするたびに思い直してそのままにし、アッドと歩いた。淡い葡萄色の薄布が、月夜の海風になびいて揺れる。

やがて船の係留場所へ着いた。宿として利用される船がいくつも桟橋《さんばし》に繋がれ、小さな窓から明かりがこぼれている。

「こっちだ」

アッドに言われて、防波堤沿いをさらに進む。

かがり火が見え、警備のための屈強な男が小屋から顔を出した。アッドへ会釈を向けたあとで、閨飾りの格好をしたジニアに気づく。

ぽかんと口を開いて呆《ほう》けたが、すぐにくちびるを引き結んだ。

「旦那、ちょっと……」

潮風に痛められた喉《のど》から絞り出されるダミ声に呼び止められる。

「どこで引っかけられたか知りませんがね、船に招くのは……」

彼はアッドの正体を知らないはずだ。しかし、こんな上品な御曹司が淫売に騙されたら大変だと気を利かせている。当然の判断に、ジニアは指をほどいた。

アッドは、警備の男とジニアを交互に見て、ほどいたばかりのジニアの手首を掴んだ。引き留めながら、顔は男へ向けて答えた。

「『引っかけた』のはわたしのほうだ。これから口説くつもりだから、余計なことは言わないで欲しい」

「……そうですか」

男は心配そうに眉をひそめてうなずき、今度はジニアへ声をかけてくる。

「もらうのは金だけにしとけよ」

「……きみ」

アッドが割って入る。手のひらを男へ向け、まずジニアの顔を覗いた。

「不快な思いをさせて申し訳ない。これも、彼の仕事だ」

「知ってる」

閨飾りのオメガや踊り子が、どんなふうに見られるのかも知っていた。

アッドは姿勢を正し、男へ視線を向けた。

「彼とわたしのあいだに、金銭のやりとりはない。謝罪してくれないか」

男へ向けられた言葉に、ジニアは飛びあがりそうなほど驚いた。

「アッド……」

思わず肩へすがる。視界の端に見えたダミ声の男も目を丸くしていた。その気持ちは痛いほどよくわかる。

だから、アッドへ向かい、やめてくれと首を振った。気にしていないと言いたかったが、言葉にするよりも先に、真剣なアッドの視線に止められる。

「大事な人なんだ」

男に向かって言ったアッドは、さらに言葉を重ねた。

「きみのせいで嫌われたら、責任が取れるか」

穏やかな口調であっても、アッドの声には独特の圧がある。ダミ声の男は威圧されて怯《ひる》み、額の汗を手の甲でぬぐった。

「後悔したって知りませんよ」

「彼にならいい、今夜限りに命を差し出してもかまわない」

アッドの答えにまばたきを繰り返し、男はしばらく考えてから、ジニアに対して頭をさげた。

「申し訳ない。勘弁してくれ」

「いいかい、ジニア」

アッドの声が優しく問うてくる。

「……俺は、まぁ」

そう答えるしかない。アッドと男を見比べているうちに腕が引かれ、ランプの掛かった桟橋の先端まで進む。

入り江のなかにある船着き場だ。ちゃぷちゃぷと静かな水音が聞こえる。

想像したよりも小さな船が一隻《いっせき》、泊まっていた。

「……ジニア。きみさえよければ、この船で……」

「飲むの？　それはいいけど」

答えたジニアは、護衛がついてきていないことに気づいた。また身を潜めているのだ。

「……調子が狂った。もっと、うまく誘うつもりだったのに」

アッドの指先が伸びて、ジニアのあご先をかすめる。

「きみの姿を見たときから、胸が痛い」

「あぁ、ごめん。こんな格好で来たからだ」

苦笑いを浮かべて小首を傾げると、アッドの両手が頭を覆う布の内側へ入った。頬が包まれる。視線を向けるように促され、ジニアは片足を引いた。アッドが一歩踏みこんでくる。桟橋の幅には、まだ余裕がある。

「今夜限りにしたくない。この三日間、わたしはきみのことばかり考えてきた」

「……え？」

なにを言われるのかわからず、ジニアは戸惑った。アッドのまなざしが、ジニアの瞳を覗きこむ。

「どうやって近づこうか、声をかけようか。わたしを知ってもらおうか。……いい案はなにも出てこなかった。ただ、きみが恋しいばかりで」

「……待って」

近づいてくる顔を押しのけて、ジニアはまたあとずさる。

「ちょっと、待って。理解が追いつかない」

「どのあたりが？」

「ぜんぶだよ。ぜんぶ、なにもかも……っ」

桟橋を踏み鳴らして、アッドを見る。視線が合うと、なぜか身体が傾いだ。

どうしてそうなるのか。ジニアにはわからない。吸い寄せられて近づき、アッドの胸板を手のひらで押す。

「アルファが、ベータに発情してどうするんだ。バカ。……バカ」

ジニアの悪態がアッドのくちびるに呑まれる。キスは熱く感じられ、ジニアは震えて身をすくめた。

くちびるを離したアッドが、吐息のかかる距離で言う。

「きみを好きになった。もしも、早すぎると言うなら……」

「……あんた、バカだ」

顔を背けたジニアは薄闇に揺れる水面《みなも》を睨んだ。

三人の男女がもつれあうさまを聞き、微塵も反応しなかった自分の身体や心を思い出す。不感症同然だったのに、差し伸ばされた女の手をアッドのものだと誤って認識したとき、身体を巡る血液が沸騰した気がした。そのままの勢いで飛び出して、いま、ここにいる。

アッドを押しのけて、ジニアは身体ごと横へ向いた。血が沸き立つ激情の理由は不明だと、そう思いたい自分の心を水面に映して睨みつける。

男を欲しいと考える夜が来るとは思わなかった。

しかもペスカみたいなかわいい少年ではなく、自分よりも背が高く、身体つきもしっかりした美丈夫だ。抱きあえば、自分が下になるしかない。

「アルファが求めるのは、オメガだろ……。俺とやりたいなら、そんな遠まわしな……」

「言えば、触れてもいいのか」

アッドの手がふたたび近づき、腰を抱き寄せられる。見つめあうのと同時に目眩《めまい》を感じたジニアは、あいまいではなく、はっきりとした情熱に流されてしまう。

欲しいものは欲しい。その気持ちはよくわかる。いまのジニアも同じだ。

理由も原因もなく、ただ、目の前のアッドを知りたいと思う。

「友だちだと思ってた」

ジニアが言うと、くちびるを合わせて離れたアッドは微笑む。

「昨日までは、わたしも、そう思っていた。もっと時間をかけたかった。……でも、今夜、広場できみを見たとき、はっきりとわかったんだよ。時間をかけたら、きみを待っていたら、ほかのだれかに奪われてしまう。……だれにも渡したくないんだ。きみの唯一になりたい」

「……なんだよ」

ジニアはそっぽを向き、くちびるを尖らせた。男として面白くない気分だ。

「あんたはいつもいつも、俺の想像の上を行って……」

足先で桟橋を蹴ると、アッドの押し殺す息づかいが聞こえた。そして、上品な声で、思いもしなかった言葉が告げられる。

「きみとやりたい。船に乗ってくれるか」

「……アッド」

そんな下品な誘いは口にしたこともないはずだ。まるで似合っていないが、ジニアはたまらなく泣きたい気持ちになった。

とっさに感情を押し殺し、胸の奥へ隠す。まじまじと見れば、一歩も動けなくなることはわかっていた。まさか、口説かれるとは考えてもいなかったのだ。

昨夜と同じように飲み、同じように騒ぎ、肩を並べて海沿いを歩く。そして、朝には夢から醒めて、なにもかもが終わる。

友情なら傷つかないと考えたときから、きっと始まっていた。

「俺が下、なのか……」

「アルファを抱く趣味があれば、考えてみるよ」

「ない……。男を抱く趣味はない」

「じゃあ、わたしの趣味に合わせて……」

手を引かれ、船へ誘われる。ジニアは迷うことなく乗り移り、船内へ入った。

かすかに揺れている気がしたが、歩いても傾ぐことはない。大きなソファとテーブル、それから、淡い明かりのなかでも清潔だとわかる寝台が置かれている。

扉を閉めたアッドに手を引かれてソファへ座ると、髪に刺さったピンが取られた。布がはずされる。

「ジニアは、アルファが嫌いなのか」

「好きも嫌いもない。はじめてだよ、本物と会ったのは。……嫌われてると感じるのはさ、俺が、あんたのことをよく知らないからだ。俺のこともよく知らないだろ」

ため息をつき、ソファの背にもたれかかる。

「だいたい、俺とやりたいなんて……あんたの柄でもないだろう」

「きみは、わたしのことをよくわかってる」

隣に座ったアッドもソファの背にもたれた。肘をついて、頭を支える。

「わたしは早くに両親の『仕事』を継いだ。母の療養に、父がついていきたいと言ったからだ。ふたりとも健在だよ。優しくて慈悲深い人たちだ。きみのことも、きっと気に入る」

「なにを言ってるんだよ。旅芸人の踊り子を連れて帰って喜ぶ親がいるもんか」

「そうかな？　きみのこれまでがどんなふうでも、わたしの見つけた人だ。間違いはない」

「自信満々だ。根拠のない自信……」

「自分のことは一番に信用している。だから、根拠はある。きみだって、自分の素晴らしさは知ってるだろう？」

手が伸びてきて、指の関節で頬を撫でられる。ジニアはじっとして、目の前の男を見つめ返した。どこまで本気で、どこまで信じられるのか、まるでわからない。

不感症かと思うほど動かなかった自分の心が戸惑うほどに揺れている。そのことも理解できないのに、アッドのことまでわかるはずがなかった。

「俺は、踊っているときだけ価値のある人間なんだ。止まったら、どうにもならない」

「そう思いこんでいるんだ。……わたしのそばでも踊ることはできる」

「囲うってこと？」

「違う。そうじゃない」

強い口調で返される。アッドが、左右に首を振った。

「いま、婚約の話が進んでいる。それを断って、身辺をきれいにして、きみを迎える。……一座に借りている金があるなら、わたしが清算しよう。だから、このまま一緒に、国へ」

言われた瞬間、ジニアは硬直した。アッドの身分をまざまざと思い出す。

「アッド。本当の名前はなに？　あんたは名字もあるだろう」

「アドリアーノ・ディ・トレンティン。オルキデーアという小さな国が、わたしの故郷だ」

「王さま、なんだよな？」

「そうだ」

アッドは落ち着き払ってうなずいた。

その悠然《ゆうぜん》とした様子に呑まれ、ジニアの声は沈んでいく。

「……ペスカが噂を聞いてきたんだ。アッド、アルファの王は、オメガの王妃を迎えなくちゃいけないだろう。……俺に、オメガのふりをさせる気なのか？」

「嫌ならしなくていい。祖父はアルファだが、両親はベータだ。姻戚をあたれば、アルファの子を養子にもらうこともできる。なにも心配はいらない」

「……こんなの、夢物語なんだよ」

ぼそりとつぶやいて、ジニアは立ちあがった。腰の布ベルトをはずし、きらめく刺繍の飾り布を取った。上着を脱ごうとすると、アッドがあわてて腰を浮かした。

「さっきは、あんなふうに言ったけれど、急ぐことはない。きみにしっかり話を聞いて欲しくて、この部屋に誘いたかっただけなんだ。つまり、きみに恋したことをわかって欲しかった」

「しないつもり？」

ジニアは上着を脱ぎ、目の前のシャツに手を伸ばす。上質の布地で仕立てられたシャツは手触りがよく、貝ボタンが美しい。

「ジニア、きみはわたしを信用していないね。……ロマンス小説に夢中になっている世間知らずの王だと思っているんだろう」

「違うの？」

からかって見あげると、額にくちびるが当たった。

「わたしはこれまで、恋人を作らずに来たんだ」

アッドに言われ、ジニアは頬をゆるめる。

「じゃあ、童貞なんだろ。下手な男とはしたくないけど、ひととおり、教えるぐらい……」

「ジニア。真面目な話だ」

抱き寄せられ、肩に頬が当たる。上半身裸のジニアは、アッドのシャツを握りしめた。自分が戸惑い、饒舌《じょうぜつ》になっていることに気づく。

足元はふわふわとおぼつかず、かすかな波音が大きく聞こえた。

「経験はある。きみを傷つけないし、がっかりさせもしない。ジニア、真剣に聞いてくれ。好きなんだ。きみと愛情を育てたい」

まっすぐな告白がくすぐったくジニアの胸へ沁《し》みていく。

アッドの腕のなかで、逆らわずに目を閉じた。これまで出会った、どんな女性よりも、男性よりも、アッドが特別な存在に感じられる。小国の王だからではない。

ジニアの踊る姿に惹かれ、人となりを知り、こうして未来を探そうとする。それがアッドの人柄だ。ジニアもよく知っていた。ひと晩であっても、語り明かせばわかる。

もしも、踊り子でなかったなら、アッドが高貴な生まれでなかったなら、もっと簡単に寄り添えた。男同士でも、そんなことはささいな事実だ。愛しあうための障害にはならない。

けれど、ふたりの階級格差には超えがたいものがある。

「アッド。俺のね……母さんは……、資産家の愛人になって正妻にいびられて、心を壊してしまったんだ……。だから俺、身分違いの恋はしない。いつか気立てのいい羊飼いの娘を見つけるんだ。それで、家庭を作る」

「そうか……」

アッドの手が背中に触れて、慰めるような動きで肌を行き来する。

「それで、夜ごとにダンスを踊って過ごすのか……。わたしなら、弦楽器が弾ける。国には楽団もある。……わたしの家に羊はいないが、馬がいる。……それで、きみのお母さんは……？」

「死んだと思うよ」

口にしたジニアは震えながらアッドの背中へ腕をすがらせた。なにげなく口にしたつもりだったが、感情が昂ぶってしまう。母の話をして、こんなふうに心が乱れたのは久しぶりだ。いつもなら、ひとりでやり過ごす。けれど、いまはアッドがいて、剥き出しの感情がうまくコントロールできない。

「九つのとき、母と生き別れた。人買いだよ。母は売られて、俺は孤児院へ逃げこんだ。……生きてはいないだろう」

「ジニア」

肩を引き剥がされ、顔を覗かれる。こぼれた涙を、大きな手のひらが押さえた。

ジニアは顔を振って逃れ、またアッドの身体へしがみつく。

広い胸は温かく、まるでひな鳥になった気分だ。温める親鳥の羽の内は、きっとこんなふうだろう。

「ジニア。……きみは、よく生き抜いてくれた」

アッドの声が耳へ流れこみ、ジニアは肩に頬を預けるように顔をあげた。そこにある、精悍《せいかん》な顔の輪郭を指でなぞる。

「俺はね、人を好きになったことがない。恋みたいな遊びはした。でも、どうかな。あれが恋だったとは言いたくない。……だから、わからない。いま、あんたを見ていて感じる、この気持ちが……どうなのか」

「うん……」

静かにうなずいたアッドのくちびるが、顔の輪郭をなぞるジニアの指先をかすめた。

「わたしの腕のなかにいて、嫌な気持ちはないだろう？　キスも、平気だった？」

優しく問われ、あごを指で持ちあげられる。キスされると直感したのと同時に、身がすくんだ。まるで生娘《きむすめ》のように、アッドの動きのひとつひとつに怯《おび》えてしまう。それなのに、期待が膨らんでいく。

くちびるが触れて、そっと肌の温かさを感じる。次に目眩がやってきた。ジニアの身体は小刻みに震え、アッドに抱きしめられて性的な興奮を覚える。下半身に血液が集まり、熱を帯びていく。

「アッド……」

かすれる声で呼びかけ、自分から腰を押しつける。

「したい」

小さくささやき、両腕を伸ばした。たくましい首筋へ巻きつけて引き寄せる。

「寝台へ連れていって」

「……ジニア。急ぐことはない」

「俺がしたいと思っているうちに奪ってよ」

くちびるを近づけると、アッドの表情が引きつった。ぎゅっと強く、背中におろした長い髪ごと抱きしめられる。そして、広場で逃げたときと違い、今度は横向きに抱えあげられた。まるでお姫さまのように運ばれて、寝台へたどり着く。ジニアは横たわり、アッドがそばに膝をついた。腕を引くと、身体が傾き、近づいてくる。

アッドの指先が顔にまとわりついた髪を丁寧に避けて、やわらかなキスがくちびるに触れた。

「奪うことはしない。ジニア。わたしに身体を開いても、きみからはなにひとつ奪わない」

「……ものの例えだよ」

ぼんやりと答え、これが育ちの違いだと実感する。

奪わずに愛しあう世界が、この世のどこかにはあると、そう思えるだけで胸が熱い。けれどそれが自分の世界ではないことも、ジニアは知っていた。

「わたしのすべてをきみに捧げる……。今夜から、すべてを分けあおう」

甘く見つめてくるアッドに見惚れ、ジニアは微笑みを返しながら答えた。

「俺が性悪だったら、どうするんだよ」

「ならば、好きにならなかった。きみは性悪じゃない。もしも、これからそうなるなら……きみを変えたのはわたしということになる。きみを悪いほうへ導いたなら責任を取るよ。なにより、すべて、好きになる」

「そんな……」

都合のいいことばかりと言いかけて、言葉を呑んだ。

アッドが覆いかぶさってくると、ジニアの心は自然と震えてしまう。なにも言えなくなり、膝がゆるむ。そしてそれを恥ずかしいと感じて、また震える。

「男は、はじめてなんだ……」

おずおず打ち明けると、髪を撫でられ、肩に指が這《は》った。

「わたしもだ。でも、作法はわかっている。感じる場所も……」

肌をたどられ、胸に行きあたる。

「そこ、感じない」

ジニアは自己申告したが、身を屈めたアッドはやめなかった。指でそっと押され、もう片方の胸にくちびるが近づく。

「……っ」

軽く肌を吸われて腰が疼いた。感じたことのないくすぐったさが全身を巡り、身をよじらせたジニアの肩にアッドの手が押し当たる。

押さえつける仕草さえ優しい手にほだされ、ジニアはくすぐったさをこらえた。

乳首がかすかに尖り、こりこりと転がされる。

「アッド……。ん……」

思わぬ吐息が鼻に抜け、ジニアはくちびるを引き結んだ。

「まだ、だめか」

からかう声に問われ、しこり立った部分をくちびるに挟まれる。舌でちろりと舐《な》められ、ジニアは自分の口元を覆い隠した。声が出ないように我慢する。

されていることよりも、しているアッドがいやらしかった。高貴な男が、平たい胸に頬を寄せて、小さな突起を丹念に舐めているのだ。

見たこともないぐらいに卑猥で、なまめかしく、思った以上に興奮が煽られる。

ジニアの反応を確かめながら動く舌づかいで、淡く色づいた突起がこりこりと転がった。くすぐったさは小さな快感の灯火《ともしび》に変わり、くちびるできゅっと吸いあげられて声が洩れる。

たまらずに身を揉むと、アッドの手がジニアの下腹部へ伸びた。布越しに、芯の入った部分を揉みしだかれる。

ジニアはたまらず、後ろ手で這いあがった。

「嫌になった？」

問いかけてくるアッドの手は動き続ける。やわらかな幅広のズボンが引きおろされていく。淡い葡萄色を目で追い、髪を乱したジニアは息を詰める。

嫌がっていないことは、ぶるんと飛び出した雄の象徴が示していた。

「どうされるのが好きなんだ。教えてくれ」

「……いや、だ」

ぶるぶると首を振って、握ろうとするアッドの手を押しのける。淡い明かりのなかでも、彼に見られることが恥ずかしい。大きいとか小さいとか、そういうことではない。

ジニアはたまらずに身をひるがえした。素早く背を向ける。自分の股間を手で覆い隠したが、背後から伸びてきた指にゆっくりと探られていく。

「アッド……嫌だ、いや……」

「こんなになっているのに？」

まだ服を脱いでもいないアッドの息づかいが、熱っぽくジニアの肩へと降りかかる。

押し当たった腰はごりっと硬く、戸惑いながらも喉が鳴ってしまう。アッドが本気で興奮しているのがわかり、自分だけでないことに安堵《あんど》する。

股間を隠した指のあいだへ、アッドの太い指が入ってくる。そっと寄り添って開かされ、絡みあった指がジニアの肉棒を掴んだ。

これまでの経験とはなにもかもが違い、崩れ落ちてシーツへ片手をつく。ゆっくりとしごかれ、腰のものはまたむくむくと伸びあがって育った。

「あ、あ……、あっ……」

「ジニア、正面からしてもいいか」

「だめ……やだ……だめ」

首を振ってなおも拒むと、小さなため息に耳元をくすぐられた。あきれているのではなく、感じ入った甘い息づかいだ。

「どうしたらいいんだろうね。ジニア……。きみがかわいくてたまらない。このまま、食べてしまいそうだ」

「……え」

指が腰裏に当たり、そのまま臀部《でんぶ》の割れ目へ忍びこむ。

「あっ……」

人に触れられるのははじめての場所だった。そこを使うのだと悟ったジニアはあわてて腰をよじらせる。逃げたかったが、アッドの片腕が前へまわっているので、うまく動けない。

ふたりの指が絡んでできた手筒が動き、じわりと溢れる快感で腰あたりが熱くなる。汗ばんだジニアは羞恥《しゅうち》に打ち震えた。

「……ん……。ぁ、ん……っ」

臀部の谷間へ差しこまれた太い指を過剰に意識して、その先を期待してしまう。相手はアッドだ。そう思うだけで、秘めた性欲が猛《たけ》り、乱れた感情が増幅する。

生まれてはじめて、その場所を探られたいと思い、そんな自分に惑う。どうしてと問う暇はなく、ジニアは広場の喧噪を思い浮かべた。熱狂して踊る男女の息づかいが、この船のなかにも満ちている。

アッドの指は唾液をまとい、ゆっくりと押しこまれた。何度か離れ、濡れて戻り、手筒にしごかれて喘ぐジニアを開いていく。

「あ……、くぅ……っ」

ずっぽりと挿《い》れられているのがわかったが、根元まで到達せずに限界が来る。ジニアのそこはきゅうっとすぼまり、アッドの指を締めあげた。

「……あぁ」

アッドが小さな感嘆の声を洩らす。指は遠慮がちに動きだした。ジニアの内壁を傷つけないように、ずっ、ずっ、ずっと引き抜かれる。

「んんっ……あぁ……ッ！」

浅い場所をこすられると、ジニアの昂ぶりが手筒のなかでぴくんぴくんと跳ねる。待ちきれずに自分で手を動かすと、あとはアッドが主導した。

「あ、あっ……」

「ジニア、気持ちいい？」

「……あ、いい……。うしろ、じゃなくて……っ」

「どっちもよくなる」

そう言いながら、アッドは両手を器用に動かした。右手でジニアの熱をしごき、左手ですぼまりを探る。両方を責められるジニアは息も絶えだえになって上半身を伏せた。

腰が前後に動いてしまい、それを背後から見下ろされている恥ずかしさに身悶える。乱れた髪は汗に濡れて肌へ貼りついた。

「ん……あぁ……アッド……出る……もう……」

腰の動きは止められず、ジニアは自分の股間から手を引き抜いた。すべてをアッドに委ね、シーツを両手で掴む。快楽の波が押し寄せて、欲情の足元が濡らされる。

「あぁっ！」

すぼまりに押しこまれた指がぐりっと動き、内壁がえぐられた。それと同時に、こりこりとしたなにかを押さえられた。

「んっ……」

ジニアは息を呑み、奥歯を噛んだ。身体がぶるっと震え、欲求を訴える間もなくパタパタッと白い体液がこぼれていく。

「ん、ん……や……」

始まったものは止められず、うつぶせのまま腰を揺らす。足先を立てて身体を支えた。アッドの手筒が動き、残りを搾《しぼ》られる。

「あ、ぅ……ッ」

シーツを掴み、ジニアは額《ぬか》ずいて腰をあげる。しごかれる快感に溺《おぼ》れ、ひとしきりの悦を貪《むさぼ》った。

息が乱れ、肌が汗に濡れ、ジニアは朦朧《もうろう》としながら身を起こす。

しかし、腰が引き戻され、臀部が違和感を覚えた。ぬめった液体が谷間へ落ちて、肌が濡れていく。

その直後、丸々と太ったものが押し当てられた。

「……ジニア、力を抜いて」

優しさを装っても、男の欲望は隠しきれない。肩越しに振り向こうとしたジニアは腰を掴まれた。指とは比べものにならない太さが、潤滑油を助けに押しこまれる。

「あ、あ……くっ……」

ジニアは喘ぎ、身を揉んだ。嫌だと言うつもりはなかった。けれど、はじめてのことだ。どうすれば痛みを感じずに抱かれることができるのかがわからない。

恐怖を感じはじめた瞬間、アッドの息づかいが肩甲骨《けんこうこつ》に触れた。

「やめようか……？」

弾む息をこらえた声は紳士的だ。そう聞こえるために、最大限努力しているのだとわかる。

ジニアが興奮しているのと同じで、アッドもふたりの行為に溺れたいと願っているだろう。

好きだと言ったのはアッドだから、当然のことだ。

しかし、ジニアの怯えを感じ取ったいまは、こうして動きを止めてくれる。

「いい……、やめ、ないで……」

答えながら、ジニアは一度だけ、腰を掴んでいるアッドの手に触れた。ぎゅっと握ってから離し、挿れやすい位置に腰を合わせる。

アッドの欲情を背に受けてはじめて、ジニアは自分の気持ちが嘘偽りなく理解できた。

この男に惚れている。理由はいくつでも思いつく。そうでなければ、こんなことにはならない。心乱れて快感に溺れ、すべてを渡したいなどとは思うはずがなかった。

そして、添い遂げられないとわかっているからこそ、すべてを投げ出してみたくなる。ふたりの思い出に、愛を交わして別れたい。

「アッド……欲しい……」

口にすると、胸がかきむしられて痛んだ。恋心の激しさに翻弄《ほんろう》され、痛みが沁みる。

涙ぐんで熱くなるまぶたを閉じたジニアは、押しこまれる肉棒のすさまじさを繊細な粘膜で感じ取った。欲情に流されて、ろくに確認もしなかったが、アッドの体格から考えれば並みの大きさではないはずだ。

正直なところ、逃げ出したいほどこわかった。

自分が抱く側だったからわかる。男との交わりは服従の恐怖だ。体格の勝る相手に火がつけば、いくらでも乱暴なことをされてしまう。それは性的な手管《てくだ》の上手下手ではなく、心持ちの問題だ。

アッドは奪わないと言ったが、無自覚に身勝手な男は山ほどいる。ジニアだってそうだ。そして、いまはじめて、そんな行為が、受け入れる側の心を傷つけると知る。

しかし、ジニアは彼が欲しかった。優しさを信じてすべてを投げ出し、ひとつになってみたい。

「……ジニア」

先端をぐっと押しこんだアッドが動きを止めた。どうしたのかと息をひそめると、肩にキスが落ちる。

「本当に……？」

アッドのささやきの意味がわからず、片手で身体を支えて振り向く。彼のくちびるがそばにあり、端を狙ってキスをする。

その瞬間にも、ジニアは恥じらいを覚え、頬を真っ赤に染めた。尻のあいだに挟まった違和感に、この男と交わっている実感が湧いてくるせいだ。

恥ずかしい。本当に恥ずかしい。ジニアはせいいっぱいの強がりで笑い、一夜だけの恋人を見つめる。

「……優しく、して」

甘えた声は出せず、硬い声になる。アッドは浅く息を吸いこみ、苦しげに眉根を引き絞った。

背中へ重なる汗ばんだ肌が熱い。

くちびるが触れあい、楔《くさび》がいっそう深く差しこまれる。

「あぁ……っ」

身体を支えていられなくなったジニアは泣き伏せるようにシーツを掴んだ。

潤滑油がぐちゅりといやらしげな音を立て、ふたりの肌と肌が触れあう。アッドはやはり紳士的だった。ジニアの望みどおり、優しく腰を動かす。

同じ男だから、その動きのつらさはわかっていた。

もっと激しく腰を動かしたいはずだ。好きならなおさら、すべてをぶつけたいと欲求する。

しかし、アッドはゆるやかに動き、しきりとジニアの肌を撫でた。乱れた髪が片側へ避けられる。まるで、理性を示す行動だ。だから、犯されているのではなく、抱かれているのだと心から感じられる。

「んん……、あ、あっ……」

ジニアは甘い声をあげてアッドを受け入れた。

自分がいままで経験した性行為のすべてがまがいものだったと知り、むせび泣きたい気分になる。相手に悪いと思ったし、自分にも腹が立つ。しかし、すべてを忘れさせるほどに、アッドの優しさで胸がいっぱいになる。

「苦しくないか……」

根元までは入れず、アッドがかすれた声で聞いてくる。こわがらせまいとする口調は穏やかで、ジニアは自分が若く未熟な女性になった気がした。

生まれてはじめて女になる瞬間が、これほどまでに優しく穏やかな愛に満ちていたら、その先の人生はどれほど豊かになるだろう。そう考える。

「だいじょうぶ……動いて……」

息を整えて許しを与えても、アッドは慎重に動いた。

ジニアの尻を割り開き、濡れていることを丹念に確かめる。見下ろしながら出し入れをされ、受け入れるジニアはいっそう羞恥に喘いだ。

恥ずかしくてたまらないのに、やはり、すべてをアッドに見て欲しくなる。

「きれいだ、ジニア。きみの身体は、引き締まっていて、しなやかで、女とはまるで違う」

「ん……」

褒められて、肌が熱くなる。自分を女のようだと思ったことを忘れ、ジニアは身体の奥底からこみあげてくる男の欲求に悶えた。

達したばかりのものが揺れて、また熱を帯びる。

アッドを包んだ場所が狭まり、彼の低いうめきが肌に落ちた。それが嬉しくて、もっと聞きたくなる。男の身体だが、夢中になって欲しかった。そして、もっともっと、褒めて欲しい。

「アッド……。好き……」

言葉が自然と溢れ、耳にしたアッドの下半身がまた成長する。

「嬉しいよ、ジニア……。わたしも、きみが好きだ」

ジニアの甘い言葉を、快感の証しと受け取ったのだろう。アッドはゆっくりと幅の狭い抜き差しを始める。

それでも、ぎっしりと詰められ、内側から押し広げられた肉壁は過敏に反応した。

ジニアの声はあられもなく上擦り、アッドも興奮を募らせた。汗が背中に落ちてきて、胸が押し当たる。背中からまわった手で乳首を探られ、ジニアは快感に身悶えた。

「あ、あっ……アッド、アッド……」

好きだと思い、愛して欲しいと願う。

揺さぶられたジニアは苦しさを忘れ、未知の感覚に恍惚とした。肌が汗ばみ、指先に力がこもる。

このまま、一緒にいたい。

そう強く感じて、シーツから手を離す。

奪って欲しい。奪われたなら、この男と生きていくことができる。

しかし、望みは口に出せなかった。これほど優しく抱いてくれる男が、ジニアの自尊心を踏みにじって強奪するわけがない。だからこそ、好きになった。

優しくて穏やかで、目を奪われるほどの気品を感じさせる最高の男だ。

「アッド……噛んで……」

思わず口走り、首をそらす。

「ジニア……きみは、オメガだ。そんなことをしたら……」

乱れる息の合間に言われ、ジニアはかぶりを振った。それはアッドの勘違いだ。

「俺は、ベータだ……。真似ごとでいい……。だから、噛んで……噛んで欲しい」

声が甘えの響きを含んでかすれ、身体が小刻みに震えた。ぶるんぶるんと揺さぶられる股間が白濁をこぼして濡れる。

「アッド……お願い……っ」

身体の内側に熱が広がり、ジニアは泣き声で訴えた。天井がまわる気がして、息がかすれる。さらした首筋に尖った歯の先が当たり、やがて痛みを覚えた。それは破瓜《はか》の瞬間よりも甘美で、怯えはわずかにも存在しない。

アッドの腰がにわかに激しく動いたが、すぐに自制を利かせて静まった。しかし、抜き差しのリズムは止まらない。ずくずくとなまめかしく突きあげられ、ジニアは深い快感のなかで身を屈めた。胸の前で交差しているアッドの手にすがりつく。

名前を呼ばれながら首筋を吸われ、熟した熱烈な恍惚が渦を巻いた。彼はアルファだ。オメガとつがう運命を持っている。

だから、偽りの行為でいい。自分にとっては意味がなくても、オメガを所有するときのように振る舞って欲しかった。

「あぁっ……！」

視界がぱっと輝いて、なにも見えなくなる。深く差しこまれた肉棒が暴れ、先端から熱い体液が溢れだす。

ジニアは、肉体のすべてをアッドに預けた。


その瞬間の喜びを、この先も忘れないとジニアは思う。

疲れ果てて目を覚ますと、アッドの腕のなかにいた。首の下と腰の上に腕があり、足は絡み、それぞれがなにも身につけていない。

耳を澄ますとぽちゃぽちゃと水音が聞こえた。木壁に取り付けられた窓から淡い光が差しこんでいる。

ジニアは目を細めた。絡みついて横たわる男の顔を静かに眺める。はじめて見たときから、きれいだと思っていた。その気持ちはいまも変わらない。精悍なのに繊細で、気品があって上品だ。アッドのことを知るたびに、内面が滲み出しているのだとわかる。

「ん……ジニア……」

寝ぼけた声に抱き寄せられ、髪にくちびるが押し当たる。ぞくっと震えながら、ジニアは背中をそらした。気恥ずかしさを覚え、アッドの頬にくちびるを押し当てる。

「アッド、髪が痛い」

そうささやくと、腕の力がわずかにゆるまった。沈みこんで抜け出し、寝台をおりる。

昨夜の行為で酷使した下半身に力が入らず、あわててその場に片膝をついた。

腰にも尻のあいだにも違和感があり、後ろからされたあとで正面から開かれたことが否応なしによみがえる。

その行為もいやらしかったが、精悍な顔だちを歪ませてのしかかってくるアッドの色気には勝てない。下半身がまた熱を持ち、ジニアはふらつきながら床の上を探った。

脱ぎ散らかされた衣服はあちこちに落ちていたが、淡い葡萄色のズボンはすぐに見つかる。閨飾りのオメガが着る衣装だ。朝陽の差すなかでは身につける気にならず、まだ眠っているアッドの服を掴んだ。下着は返して、ズボンを穿く。シャツも拾う。

袖を通すと、彼の匂いがした。柑橘の爽やかな甘酸っぱさに、また胸が震える。

抱いたのか、抱かれたのか。挿入されたのはジニアだが、アッドも目に見えて快感に溺れ、夢中になっていた。甘い喘ぎは絶えずこぼれ、どちらのものとも知れなかったぐらいだ。

閨飾りの衣装をすべて回収して、手早くたたむ。高級だから、なくすことは絶対にできない。

「じゃあね、アッド」

別れの言葉を口にして、ドアへ足を向けた。健やかな寝息に後ろ髪を引かれ、衣装を抱えたジニアは寝台へ駆け戻る。

アッドの寝顔を覗き、眠っているときも完璧な美丈夫だとため息を洩らす。

あらわになった額にキスをすると、ジニアの髪がさらさらと肩からすべり落ちた。彼の頬を撫でていく。

名残惜《なごりお》しさに足がすくみ、このまま目が覚めるのを待とうかと迷う。

しかし、できないことはわかっていた。別れのつらさが同じなら、知らないうちに消えるほうがアッドの心へ残る傷は浅くなる。

交わした愛の言葉を思い浮かべ、そっとくちびるにもキスをした。忘れがたい一瞬を胸に刻み、ジニアはかすかな痛みが疼く首筋へ手のひらを押し当てる。

噛んで欲しいとねだったとき、アッドは激しく興奮していた。ベータであるジニアの首筋に歯を立てて、彼はなにを感じただろうか。

オメガを娶《めと》るのが、王であるアッドの宿命だ。ジニアでは役に立てない。

彼の好意を本物だと感じるからこそ、ジニアはこっそりと船を出た。閨飾りの衣装を胸に抱き、桟橋を渡る。警備の男は小屋のなかにいて、椅子に座ったまま腕を組んで眠っていた。

海沿いの道へ出たジニアは、ふと足を止める。海へ視線を向けると、水平線が見えた。青い絵の具を水に溶かした薄い色の空へ、珊瑚色《さんごいろ》の朝焼けが鮮やかに広がっている。

ぐっすり眠ったと思ったが、まだ朝は明けたばかりだ。

急げば、次の町へ移動する仲間たちを待たせずに済む。くるりと踵を返したが、足は動かなかった。

どうしようもなく涙が溢れて、こぼれていく。

汐の匂いに包まれ、アッドに揺さぶられて聞いた波の音がよみがえる。

もしも、彼が望むままに、オメガだったなら。

そう考えて、閨飾りの衣装をぎゅっと抱きしめる。たった一夜のことだと軽く考えた自分をなじり、首を左右に振って髪を揺らす。

毛先を弾ませ、ジニアは地面を蹴って駆けだした。

閨ごとはすべて同じだと思っていた。肌を合わせて快感を追い、一瞬だけ心を寄り添わせたような、そんな気分になるだけのことだ、と。

けれど、昨晩のすべてはあまりにも想像を超えた。

アッドの肌は汗ばんで熱く、絡みつく足や腕は情熱的で、重なる腰は理性の手綱《たづな》をときどき失いながらもジニアを傷つけまいとした。自分が快感を得るよりも、ジニアを悦《よろこ》ばせることを優先していたアッドは、彼の言うとおりにジニアを好いている。

だから、胸が痛い。たった一夜の関係にしては、想いが入りすぎている。アッドの純真な気持ちを踏みにじった自分は、やはり腰の落ち着かない旅芸人の踊り子だ。

もっと早く、彼への感情に気づいていたら、情を交わそうとは考えなかった。傷つけることはせず、身を引くことができたはずだ。

ジニアは泣いて、くちびるを引き結んだ。

並べ立てる言い訳はどれもぎこちなく薄汚い。

たとえ、アッドを騙し傷つけたことになったとしても、あの瞬間、情熱を傾けて口説いてきた彼が欲しかった。それだけの欲望だ。

生まれてからずっと、ジニアが願ったことは叶わなかった。だから、夢を見たかった。はじめての恋に、はじめての欲望に、すべてを委ねて、彼を一瞬でいいから自分のものだと思いたかったのだ。

「アッド……。アドリアーノ……」

口にすれば甘酸っぱい気持ちになる。

彼を傷つけた、その思い出だけで、浮き草の暮らしは満たされる。これからも流れ流れて、平凡に年を取っていく。

羊飼いの娘と恋に落ちることもないまま、踊りさえ望まれなくなっていく人生だ。そんなことは、とうに知っている。知っているのだ。

ジニアは、昨夜のできごとを何度も反芻《はんすう》して、そして涙をぬぐった。

【3】

恋に落ちて涙を流す純な心が、自分のなかにある。そのことを、ジニアは不思議な心持ちで受け止めた。

旅の一座の行き先は風まかせだ。アグリフォーリオを五日前に離れ、街道沿いの町を巡り、興行を打ったり、余興の依頼を受けたりして、ひと稼ぎすればまた幌《ほろ》をかけた荷馬車に揺られる。

「ほら、薬だ。こんな季節に調子を崩すなんて珍しいな」

向かいに座ったマウロから丸薬を渡され、微熱続きのジニアは素直に口へ含んだ。

「花祭りで羽目をはずしたんだろう。最後の夜なんて、ペスカの機嫌が悪くて大変だったもんなぁ」

マウロは苦々しく笑う。ジニアが朝まで戻らなかったからだ。そのペスカは、ジニアのそばに転がってすやすやと眠っていた。その向こうでは、女たちの世間話に花が咲き、にぎやかしい笑い声が響く。

「マウロが、俺のことをこき使うからだ」

この五日間で、ジニアは三回も『閨飾りのオメガ』になった。踊りの興行は二回だけだ。

「おまえの評判がいいからだよ。本当はフェロモンが出てるんじゃないか?」

膝に腕を置いたマウロが背を屈める。わざとらしく顔を覗かれ、ジニアはきつく睨み返した。

「出るわけないだろ」

「ベータだと思ってた男が、アルファに抱かれてオメガ覚醒って話もあるからなぁ」

アッドとの一夜は、だれにも明かしていない。マウロにも、だ。

勝手に逃げ出したことに嫌味を言われたが、そのあと、なにをしていたかは問われなかった。

それなのに、この老体は、すべてを見透かした発言をする。

うっかり話に乗せられたら、洗いざらい聞き出されてしまう。ジニアは素知らぬふりで視線を外へ向けた。荷馬車に揺られてきた道が、丘に隠されて途切れながら続いている。

「まぁ、おまえがオメガだったとしても、いままでどおりだ」

「嘘ばっかり。呼んだ連中が盛りあがれば、追加の礼金が出るだろう」

「そうなれば、依頼を選ぶこともできる」

マウロが人のよさそうな笑みを浮かべ、ジニアはいっそう目を据わらせた。絶対に嘘だと思ったが、言うだけ無駄だとくちびるを閉じる。

「一度見たら忘れられない美丈夫だって話よ……」

ふいに、女たちの会話が耳へ届いた。

「本当なの?　この目で見ないと信用できないわ」

「見たって、アルファかどうかは、わからないわよ。閨に入ってみないと」

お互いを押しあった女たちが弾けるように笑う。

「その王さまに、運命のオメガが見つかったって話なのよ。運命なんてさ、言われてみたいと思わない？」

「相手は王さまよ？　豪商なら想像がつくけど……」

「言い寄られても困るだけよね。どうせ、金で買われて好きにされるんだから」

「そうね、小金持ちに囲われるぐらいが身の丈に合ってるわ」

女たちの会話を聞き流し、外の景色を眺めるジニアは目を細めた。眩しい夏の陽差しのなかに、あの朝の、珊瑚を溶かした空を思い出す。

そして、置いてきたアッドのことを考えた。

彼は国へ帰ったはずだ。そして、ジニアの知らないだれかと結婚する。きっと、可憐《かれん》で育ちのいい女に違いない。

小国の王妃として、人々に好かれる、どこか素朴な雰囲気を残したオメガを想像して、隣にアッドを並べてみる。顔がうまく思い浮かばず、ジニアはため息をついた。

マウロが心配そうな表情になる。

「……顔色が悪いな。おまえも転がって寝ていろ。それとも、馬車を停めて休憩するか？」

マウロの言葉を聞き、噂話に花を咲かせていた女たちが一斉に振り向いた。

「あんたは頑張り屋さんだからね」

「さぁさぁ、こっちの陽の当たらないところで眠りな」

呼び寄せられ、揺れる荷台の上を歩く。女たちのかいがいしい世話を受け、微熱に悩まされているジニアはひとときの安楽を得た。

目を閉じると、やわらかな歌声が聞こえてくる。額に触れてきた女の手はひんやりと冷たくて心地がいい。髪の乱れを直されながら眠りへ誘われた。

歌声は遠い記憶を呼び戻す。ジニアの母は、よく歌っていた。とても美しい声で、不思議な旋律をいとも簡単に紡いでいたのだ。思えば、愛人になる前は歌い手だったのだろう。

荷馬車はガタゴトと揺れて、女たちの声が夏風に乗る。どこからともなく柑橘の花の香りが運ばれ、ジニアはそれにさえアッドを思い描いた。

隣に見知らぬオメガを置かなければ、彼の顔ははっきりと浮かんでくる。こみあげる笑いに胸を刺され、ジニアは長いまつげを揺らして眠った。

その夜は、体調の優れないジニアと付き添いのペスカだけが安宿の部屋を与えられた。

ほかの仲間たちはいつもどおりに野宿をする。アグリフォーリオの花祭りで宿に泊まったのは、交通の便が悪いための例外だ。

「マウロがいけないんだよ。座ってるだけなんていっても、閨飾りなんて不健康なんだから」

愛らしい声でとげとげしく悪態をつくペスカが、水差しを寝台のそばへ置いた。

「ねぇ、やっぱり教えてくれないの。その服……」

視線を向けられ、寝台に横たわったジニアは薄笑みを浮かべた。

身につけているのは、勝手にもらってきたアッドの服だ。袖を顔のそばへ近づけると、日に日に薄れていくハニーサックルの香水がほのかに感じ取れた。

「だれにもらったの？　……あの男なんでしょう」

寝台の端に腰かけたペスカは不機嫌そうに頬を膨らませる。

「いいかげん、本当のことを話してよ。ぼくとジニアの仲だ。どうして秘密にするの」

「……話すことがなにもないからだ」

「そんなはずない。ジニア、首筋に噛み痕《あと》があるでしょう。あれから、まだ消えてない」

指摘はアッドに抱かれた翌朝にもされた。五日経ってもまだ痕は残っている。

仲間たちは見て見ぬふりをしたのに、ペスカだけが質問責めにしてきて、ジニアはのらりくらりとかわしてごまかした。

「ねぇ、ジニア」

拗ねた声のペスカが、掛け布のなかへ入ってくる。珍しいことでもなく、ジニアは少しだけ横にずれて場所を空ける。腕に収まった華奢な身体は、まるで少女のようだ。

「熱が引かないのは、あの王さまを好きになったから？　アルファのフェロモンにあてられたんじゃないの」

寄り添われ、ふっくらとした頬がシャツ越しの胸に押し当たった。

「なにの話だよ。……あの王さまは結婚するんだろう？　アルファとオメガの祝婚《しゅくこん》だ」

「そうだよ。王さまが、踊り子を選ぶなんてありえない」

ペスカは強い口調で断言した。身体を起こして、ジニアを見下ろしながら言う。

「あのアルファと寝た？　微熱が続いているのが、アルファのフェロモンにあてられたせいなら、早くどうにかしないと……。姉さんたちが噂してた」

「どうにかって……」

方法はひとつしかない。アルファの影響が去るまで、別のだれかと性交渉を続けるのだ。

「ぼくがしてあげる」

そう言うなり、ペスカの手が下腹部へ伸びた。

「……待て！」

ジニアは叫んで腰を引いた。のしかかってくる身体を押しとどめる。

まさかマウロの差し金かと怪しんだが、いまはそれどころではない。ペスカはじりじりと距離を詰めてくる。

「寝たんでしょう？　ジニア。それで、首筋を噛ませたんだ。どういうつもり？　火遊びにも限度があるよ」

「……関係ない。そういうことじゃない」

首を左右に振って否定すると、ペスカは熱っぽい目を細めた。これまで見たことのない欲情を滾《たぎ》らせ、どこかに隙《すき》はないかとジニアを見つめてくる。

「迎えに来てくれると思ってるんじゃないよね。ありえないんだよ。身分違いの恋だ。愛妾《あいしょう》としてはべるなんて、ぼくのジニアがやることじゃない」

ペスカに指摘されるまでもないことだ。それなのに、胸の奥が激しくえぐられて痛む。

アルファとセックスした結果のことなんて考えもしなかった。噂には聞いていたが、こんなにも身体が弱るとも思わず、ただアッドが恋しくて、彼のすべてが欲しかっただけだ。

アッドがアルファだったからではない。

そう思うのに、あの瞬間、ジニアはオメガになりたかった。首筋をさらして噛まれる痛みを感じ、彼のものになるのと同時に、彼のことをひとり占めにしたいと願っていた。

茫然《ぼうぜん》としたジニアのくちびるに、ペスカの指先が触れる。愛らしい顔が近づいてきたが、アッドを近くに感じたときの衝動はなかった。

「ペスカ……。おまえのことは兄弟みたいに思ってる……。こういうことはしたくない。冗談じゃないならなおさらだ」

「冗談でいいから、抱いて」

「……嫌だ。おまえとの関係は壊したくない」

首を振り、両手でペスカのこめかみを挟んだ。額にキスをして、細い身体を抱きしめる。

「あの男は……もう俺の前に現れない」

「本気で思ってるの」

ペスカにしがみつかれ、ジニアはあの夜を思い出した。

アッドの腕のなかで、同じように抱きしめられていたのだ。息づかいは甘く耳元に触れて、繰り返される愛の言葉に身体が震えた。

もし、探しに来てくれたとしても、結果はペスカの言うとおりだろう。

アッドはオメガと結婚する。そんな彼のそばにいることはできない。

好きだから、ジニアには耐えがたい。母と同じ運命をたどるつもりはなかった。

「ジニア……。身分違いの恋はつらいよ。どうせ、ぼくらは踊り子なんだ。お上品な世界へ入っても、浮き草だって言われて虐《しいた》げられる。大切なものを奪われないでよ。ぼくらにもプライドはあるじゃないか……」

「もう、それ以上は言わなくていい」

ペスカの肩に頬を預け、浅く息を吸いこむ。シャツの内側へ忍んだ細い指を押さえ、手首を掴んで引き出した。

「こういうことをするなら、部屋を出てくれ」

はっきり言うと、ペスカは驚いて目を見開いた。潤んだ瞳が右往左往して、やがてひと粒の涙がこぼれる。

ほとんどの男がほだされる愛らしさだと思いながら、ジニアはその気にならなかった。アッドに抱かれて受け身の性を覚えたからではない。

やはり、ペスカは兄弟同然で、親友でもあるからだ。

「泣くなよ、ペスカ」

指先で涙をぬぐってやり、肩を抱いて寝台へ転がった。

「おとなしく添い寝していてくれ。……気がまぎれる」

ペスカはなにも答えない。部屋から追い出されまいと息をひそめ、ただじっと、ジニアのそばにいた。


翌日の午後、マウロから医者へ行けと命じられ、地図を渡された。診察料はすでに支払ってあるという。

妙な話だと思ったが、石造りの家で向きあった年増の女医に見つめられ、ジニアは診察の内容を理解した。

「発情期《ヒート》が来ていないオメガは、ベータ同然なのよ。そのまま覚醒しないこともあるわ。オメガ覚醒は知っているでしょう？　なんらかの理由で後天的にオメガであるとわかること。……アルファと交渉を持ったのは、最近のことね？」

「だれが、それを……」

声を詰まらせると、女医の視線が逸《そ》れた。

「座長さんよ。……オメガ覚醒をしているんじゃないかって。でも、どうかしらね。閨飾りのオメガをしているベータに、ときどきあるのよ。自分をオメガだと錯覚して、微熱が出るの」

アルファとの交渉を尋ねたことなど忘れたように女医は言をひるがえす。ジニアはまなじりを決くして相手を見た。

「さっきは、アルファと寝たからだって言ったのに……」

「そうであれば、覚醒の確率があがるというだけの話よ。閨飾りのオメガの定期検診だと思ってちょうだい。さぁ、検査をしましょう」

そう言って、テーブルの上に置いた銀色のトレイを引き寄せる。

「そんなもの……っ」

ジニアはあわてて立ちあがった。トレイの上に載せられた棒状のものには、きらりと光る針がついている。

「これであなたの血を少しだけ採って検査するの。ほんの少しよ。こっちが検査薬」

そう言って、ふたのついた試験管を揺らす。

「アルファの血液から精製された検査薬よ。めったに手に入らない高級なもの……。あなたは幸運なのよ。理解のある座長さんだわ。……だれかから大金を預けられたかもしれないけれど」

女医は意味ありげに微笑んだ。第二の性を調べる血液検査はかなりの高額で、流通している数も少ない。

マウロがこの町に寄ったことさえも仕組まれていたのかと考えると、ジニアは驚きを通り越して憤りすら感じた。

「オメガなら、いっそう箔《はく》がつくからだ」

「だとしても、わざわざ検査をしてくれるものかしら？　うっかりアルファと交渉を持ってオメガ覚醒したら、普通のオメガ以上に大変よ。適応は難しいの。自発的に発情期が始まったオメガとは違うから……」

「でも、そんな針は刺されたくない」

首をぶんぶん振って拒むと、女医が勢いよく立ちあがった。思いのほか身長が高い。腕を掴まれ、強い力で引き戻される。

「……必要ないわ」

女医の声が近くで聞こえ、首筋を観察されているとわかった。ジニアの髪が乱れ、隠していた場所があらわになったのだ。

「アルファの噛み痕は、普通の噛み痕とは違うの。……めったに見ないわね、つがいの儀式をしてオメガ覚醒するなんて」

物珍しそうに言ったあとで、女医が身体を引く。ジニアを逃がすまいと両手首を掴み、顔を覗きこんできた。

「行きずりの相手に噛ませたのね。いえ、仕方がないわ。あなたは自分をベータだと思っていたんだから……。あなたが悪いわけじゃない。アルファに組み敷かれたら、ほとんどの人間が首筋をさらすのよ。だから、アルファなの。……群れの頂点に君臨するということよ。だれに対しても、強烈な圧をかけるのが、彼らの習性ね」

女医が長いため息をつく。ジニアは自分の首筋に触れ、ぼんやりと宙を見た。

「俺は、オメガなんですか」

言われてもまるで実感がない。だから、衝撃は受けなかった。

そうなってしまったのなら、仕方のない話だ。

女医もそう思っているらしく、冷静な口調で答えた。

「その痕からすれば、そうね……。ベータならフェロモンにあてられるだけよ。噛まれても、そんな噛み痕は残らないし、しばらくセックスに依存する程度のことだわ。あなたは覚醒したばかりで、まだ妊娠できる身体にはなっていないはず。今後、発情期《ヒート》を重ねるごとに準備が進むはずよ。一年後には、内診をして確認するべきね」

「ヒート……」

「あなた、踊り子でしょう？　座長さんにも話はしておくけれど、発情期は外へ出ないでね。まだつがいを持っていないオメガとも違うから」

「どうなるんですか」

ジニアは前のめりに尋ねた。

アルファとオメガは第一性である男女の本能よりも、強烈に惹かれあう習性がある。所有の欲求でもあり、アルファだけが、オメガを独占するための契約を交わせる。

それが『つがいの儀式』だ。倫理上、一対一が主流だが、アルファは複数のオメガをつがいにすることが可能だ。そのうちのひとりと交渉を持っていれば、発情の衝動をコントロールすることができる。

「あなたの身体は、噛んだアルファのものなの。発情期が来たら、その相手だけを求めることになるわ。つがいのアルファ以外では満足できない」

女医は噛んで言い含める口調で、少しでもジニアの不安を取り除こうとする。

「相手とは連絡が取れないの？」

「名前しか知らない」

「そう……。かわいそうだけれど……、あなたはひとりでヒートをこなさなければいけないわね。強烈な性欲を感じたときは、安全な相手に身を任せて……。あなたをよく知っている男なら、そう乱暴なことはしないはずよ」

「フェロモンって、そういうものなんですか」

「つがいを持っているオメガだからよ。……まだ解明されていないことも多いから、はっきりしたことは言えないけれど、私はアルファの診察もしたことがあるのよ。アルファもオメガも、どちらの習性もよく知ってる。だから、信用してちょうだい。とにかく、あなたが気をつけることは、ひとつ。他人の性的欲求を狂わせるオメガになったことを自覚するのよ」

「……つがいに捨てられたオメガが心を病むのは、ほかの男に乱暴されるからですか」

ジニアはうつむき、床を見つめた。アッドに抱かれた夜、本能的に感じた恐怖を思い出す。男はだれひとり信用できない。彼らは身勝手で、欲望のままに性を奪う。そう感じたことだ。

「そうよ」

女医ははっきりと言った。

「あなたはこれから、群れで一番弱い存在になるの。ベータもみんな、あなたを屈服させようとしてくる。……一番いいのはね、あなたを噛んだアルファに責任を取ってもらうことよ。アルファなら本能的にオメガを選り分けることができるし、噛み痕を残すぐらいだから、あなたを本当に好きなんじゃない？」

顔を覗きこまれ、ジニアは身を引きながら首を左右に振った。

「相手は、結婚を控えていて……」

「これからなら、チャンスはあるじゃない。ほかにつがいがいないってことでしょう。あなたではダメなの？」

「……俺はふさわしくない」

そう答えた瞬間、指先が震えた。

相手のアルファが望んで噛んだのなら、つがいにするつもりがあると女医は考えているらしい。しかし、ジニアの態度を見て、なにかを悟った顔で咳払《せきばら》いした。

すでに相手のいるアルファから無理《むり》強《じ》いされたと思っているのかもしれない。

「アルファなら、それなりの資産を持っているはずよ。貧乏なアルファなんていないんだから。せめて、そばに置いてもらいなさい。身体を繋がなくても、発情期に相手の匂いがあれば落ち着くから」

「……無理です」

ジニアはなおも首を振った。

真実は女医の想像とはまるで違う。

ジニアの首筋を噛んだ相手は、一国の王だ。きっと、愛してくれている。

もしかすれば、迎えにだって来てくれるかもしれない。

けれど、彼は本妻を娶る。正式に選ばれた、彼のためのオメガだ。

その状況は耐えがたい。母と同じ境遇になることが、ジニアにはどうしても受け入れられなかった。愛する相手にもうひとつの家庭がある。それを想像するだけで胸はきしみ、心が折れそうになって、そして捨てられた母の気持ちが痛いほどわかる。

「踊っていたいんです」

答えながら、ジニアは両手の指を握りしめた。

母の忠告が耳によみがえり、滲む涙を必死にこらえる。オメガになったことよりも、アッドの胸に飛びこめない、この現実がつらい。

「踊っていられるのは、身も心も健康だからよ」

諭《さと》す女医の声に、わなわなと震えるくちびるを噛んだ。

「……しばらくは発情期に似た状態になりやすいので気をつけなさい。まわりというよりはまず、あなた自身よ。どんな衝動に囚《とら》われても、投げやりにならないで」

「まるで重病人ですね」

鼻で笑い、ふざけて肩をすくめる。女医は黙って目を伏せた。

「オメガは神秘的な存在よ。そんなふうに言うものではないわ」

硬い口調でたしなめられ、ジニアの心は深く闇へ沈んだ。

アッドのつがいになったのに、彼はほかのだれかを娶ってしまう。すべてを捨てて自分を選んでくれと、そんなことが言える相手ではない。アッドには大きな仕事がある。民を守り、国を支える、大変な地位にいる男だ。

やはりすべてが夢物語だと思い、ジニアは立ちあがった。

女医は何度もヒートの注意事項を繰り返したが、なにひとつ頭に残らなかった。建物の外へ出たのと同時に霧散して、ジニアは茫然としながら空を見あげた。

深刻すぎると、反対に笑えてくるものだ。くちびるの端を引きあげ、すさんだ笑みをこぼす。

いま滞在しているのは城壁に囲まれた石造りの町だ。ものものしい雰囲気があり、馬車の音さえもいかめしい。

歩きだすと足がもつれてふらついた。壁に手をつき、足元へ視線を落とす。

笑ったばかりなのに息がうまく継げない。心が乱れていくのがわかった。髪で隠した首筋が疼く気がして悲しくなり、ジニアは動揺したまま、顔をあげてまわりを見た。

景色は色を失い、現実感が遠ざかる。まるで夢のなかにいる心地がして、途方もない不安に襲われた。

通行人の男がこちらに向かって歩いてくると、身体がすくみ、ごく普通に歩いているだけだと信じられず、避けて路地へ逃げこむ。けれど、薄暗い小道を進む勇気はなかった。

どこから、ならず者の手が伸びるかわからないのだ。

いつのまにか、びっしょりと汗をかいていた。身につけている服の袖を口元に押し当てて匂いを嗅ぐ。ハニーサックルの甘さで理性が戻り、あの夜の抱擁がよみがえる。しばらくして、まともな呼吸が戻ってくる。

つがいから見捨てられたオメガの末路は知っている。

売春窟の裏路地に藁《わら》で編んだ敷物を広げ、男ならだれでもいいと袖を引いている姿が思い浮かんだ。ジニアたちの暮らしでは、幸せなオメガを目にすることはほとんどなかった。早くにオメガだとわかった男女は、裕福な家にもらわれてアルファと縁づく。普段は屋敷に隠され、外へ出るときは、裕福なベータとして振る舞う。

しかし、ジニアたちのような浮き草暮らしでオメガ覚醒をした場合は、正妻の座を掴むことが難しくなる。教育も受けず、気ままな性分が身についてしまっているからだ。

アッドのことを考え、ジニアはくちびるを噛む。

踊り子稼業の自分が王妃になれば、彼の評判は地に落ちるかもしれない。だから、夢を見るのはやめて、身を引いたのだ。

ふたりのあいだにある感情がただの友情だったなら、囲われたふりをして、つかず離れずに暮らせただろう。アッドが本気でなかったら、と考える端からジニアは苛立ちを覚えた。

根本的に間違っているからだ。

アッドに熱っぽく口説かれ、ジニアは彼の恋心を受け入れた。そうでなければ、男に対して身体を開いたりはしない。

アッドがアルファだったからではなく、ただ彼という男の言葉を信じて、生まれてはじめての夢を見たいと思った。たった一夜だけ、叶った夢だ。

淡い幻の時間がよみがえり、力強く拳を握りしめる。

本気だとわかっていて、アッドの口説きを利用したのはジニアだ。自己満足の性行為のために、アルファである彼の純な気持ちを踏みにじったかもしれない。理由も話さず、別れも告げず、あの船に彼を置き去りにしたのだ。

甘い夢のなかで目覚めて欲しいと願ったことが、アッドにとってどれほど残酷だったかと、いまになって考えてしまう。腕のなかにいるはずのジニアを失い、たったひとりで目を覚ました彼もすべての現実を受け止めなければならないのだ。

これが恋ごとの罪だと思いながら、どうすることもできないぐらい会いたくなる。

彼を想うからなのか、つがいのアルファだからなのか。正直に言って、ジニアにはわからない。はっきりしているのは、この数日間ずっと、気がつけば面影を追っていたということだ。

そうすれば、荒れた波に似てざわつく心が落ち着き、重だるい微熱にも耐えられた。

ふらりとその場を離れて、宿への道をたどる。顔を伏せて、通行人の姿は見ないようにした。

足早に歩いたつもりだったが、実際はふらつきよろけてひどい有り様だ。通行人は向こうから避けてくれる。

頼りない足取りで宿近くの通りへ出た。いつもと変わらない安宿は路地の奥にあり、石造りの建物のあいだに洗濯物がたなびいている。

「あんたたち、しつこいんだよ！」

ペスカの怒鳴り声が聞こえ、ジニアはハッと息を呑む。条件反射だ。彼が甲高い声をあげると、男たちに絡まれているのではないかと身構えてしまう。顔をあげ、前方を見据えた。

長身の男が三人並び、その向こうに肩をそびやかすペスカが見える。足を踏み鳴らし、気を昂ぶらせていた。

「いつも、いつも……っ！　あとをつけてるのはわかってるんだからね。だいたいさぁ！　本人は一度も顔を見せないじゃないか！」

三人の男は勢いに呑まれていた。両手のひらを見せ、ペスカを落ち着かせようとなだめている。しかし、激昂したペスカはなかなか止まらない。ジニアはよく知っていた。

「顔を見せたってね！　絶対に会わせないけどさ！　とにかく、ジニアはいない。どっかに行ったんだよ！　帰って！」

犬を追い払う仕草で手を振りまわし、ぴしゃりと言った。そのまま、くるりと背中を向けて宿のなかへ戻っていく。

男たちは顔を見合わせ、肩を落として落胆した。彼らは揃って背が高く、鍛えた身体つきで、腰には剣が見えた。アッドの護衛をしていた男たちだ。

気づいたジニアは、驚きのあまり混乱して、あとずさろうとした足で石を踏んでしまう。尻から転げると思ったが、どこからともなく伸びた手に救われた。腰を引き寄せられる。

そのとき、爽やかな甘い香りがふわりと漂った。レモンとジャスミンがまじった心地のよさだ。声が喉に詰まり、身体が別の方向へ傾ぐ。

たくましい身体つきに抱かれても、通りで男たちとすれ違ったときの恐怖は感じなかった。

「アッド……」

胸に抱き寄せる腕は優しく、まるで壊れものを扱う手つきだ。しかし、顔を覗きこんできたまなざしには、あの夜と同じ情熱が渦を巻いていた。

「身体が熱いね」

はにかんだ微笑みを向けられ、ジニアは激しい目眩を覚えた。身体の内側から、彼に対する恋慕が溢れてくる。すがる視線が離せなくなり、絞り出そうとする声は言葉にならない。くちびるはただ空動きした。

「すぐに会いに来られなくてすまなかった……。怒っているか？」

ジニアが船に置き去りにしたことを責めないアッドの口調は、まるでふたりに約束があったかのようだ。自分が忘れているだけだろうかとジニアはいぶかしんだが、アッドに見つめられると、それさえどうでもよくなった。

エメラルドに輝く瞳に、頭がふらふらする。

「いろいろと手間取ってしまってね。……実は結婚の話が出ていたが白紙に戻したんだ。ほとぼりが冷めたら、経済的に困っている貴族のオメガを娶るつもりでいる。それは、きみだよ」

言われた言葉の意味がまるでわからず、ジニアはパチパチとまばたきを繰り返した。

ただ顔を見ていれば満足なのに、アッドはちゃんと話を理解して欲しいと言わんばかりの視線を向けてくる。

「ジニア……。発情期なのか？」

「え？」

ぼんやりとした声を返し、視線をはずした。アッドははじめから、ジニアをオメガだと思っていた。勘違いだとタカをくくっていたが、やはりアルファだ。彼の目に狂いはなかった。

「わたしが無理を強いたからだ」

「……望んだのは俺だよ」

声が震えて上擦る。頬に触れていたアッドの指が、くちびるをなぞって動いた。

ジニアはぼんやりとして、アッドの胸へもたれかかった。

「……医者に、行ったんだ……」

「そうか」

アッドは穏やかな仕草でうなずいた。顔が近づいてきて、額が遠慮がちに触れる。

どこが悪いのかと聞かないアッドの反応に、ジニアはわずかな不審感を覚えた。そして、ようやく彼の言葉を理解した。検査薬を探し、診療代を立て替えたのはアッドだ。

「きみは、オメガだっただろう。噛み痕が残ったはずだ」

　ささやきがくちびるに降りかかり、思わず背をそらして伸びあがってしまう。淡いキスを交わし、じっと見つめあった。

　ジニアを運命のつがいだと信じているアッドは、ふたりの関係を一夜の夢だと思っていない。本気で恋に落ち、ふたりの未来を繋ごうとしている。

　路地の日陰はひんやりと涼しく感じられたが、ジニアの身体はさらに熱を帯びた。汗で濡らしてしまいそうに思い、アッドのシャツを手離した。しかし、すぐにアッドの手が重なり、掴むように促される。頑強に拒むことはできず、促されるのに従い、握りしめる。

「きみを迎え入れる準備をしているから、なにの心配もしないで欲しい……。きみの養子先の貴族は、家柄だけでなく人柄もいいんだ」

「……俺は、行かない」

　話を遮って、ジニアは激しく首を振った。だだをこねる子どもみたいに身をよじる。

「そんな約束してない……」

「ジニア。こわがることはない」

「こわがってなんか、ない。……べつに、オメガになったって……仲間といれば、俺は暮らしていける」

「……そんなこと、言わないでくれ」

真剣な顔になったアッドの声が沈み、真意を探ろうとする視線が揺らいだ。ジニアの瞳を覗き、浅く息を吸いこむ。

「この数日間も、本当につらかったんだ。きみがそばにいない生活は考えられない」

「いまだけだよ……」

シャツを掴んだまま、視線を逸らす。身をよじらせた足のあいだへ、アッドが一歩を踏み出してくる。ジニアは戸惑いながらも、はっきりと言った。

「オメガにとってアルファはひとりだけど、アルファは違うだろ。あんたにふさわしいオメガは、俺じゃ……」

「ジニア」

最後まで聞かず、アッドの胸が迫ってきた。気づくと壁に追いこまれていて、顔のそばに腕が置かれる。しかし、もう一方の手は、ジニアの背中が汚れることを気づかい、壁と身体のあいだへ差しこまれた。

くちびるが触れて、息づかいが吸われ、キスが始まる。

「ん……、ア、ッド……」

呼吸が浅くなったが、逃げることは考えられない。くちびるを触れあわせる気持ちよさを拒むことができず、あごをそらして胸を合わせる。

「きみでなければ、だれがわたしにふさわしいんだ」

甘い水音が響き、ジニアは喘ぎをこぼしてのけぞった。あの夜に知った快感が脳裏をよぎったとき、アッドの両手がジニアをきつく抱きすくめる。

「あ……」

かすかな声をあげ、アッドの広い背中にしがみついた。くちびるが頬から首筋へと移動していき、身体がぶるぶると激しく震えていく。

アッドの身体から得体の知れない圧が溢れ、ジニアは身悶えた。それすら嬌態《きょうたい》になっていたが、耳朶《じだ》を噛むアッドは真剣そのもので受け止める。

「ジニア、こんな身体でいるきみをひとりにはできない。わたしにきみが必要であるように、きみにもわたしが必要なはずだ。……あの夜、知っただろう」

「俺は、わきまえてる」

口ではそう言ったが、ジニアの身体はいっそうよじれ、自分から噛み痕のある首筋を見せてしまう。

自分がオメガだから選ばれたとは思わない。アッドの気持ちは信じている。

なのに、彼の望むまま恋に落ちることがこわい。母の面影が脳裏にちらついた。

「わたしは、わきまえられない」

アッドの身体が急激に火照り、むせかえるほど甘い匂いに包まれたジニアは、くちびるを噛んだ。腰がざわつき、膝が笑う。立っていられなくなったところで、軽々と横抱きに持ちあげられた。

「……アッド」

拒みたい気持ちが戸惑いを生み、それよりも強烈に喜びがこみあげてくる。

「ふたりきりでいられる場所へ行こう」

颯爽《さっそう》と路地から出たアッドが、通りの向こうへ目配せを送る。護衛がそこにいるのだ。

ジニアは高熱を出したときと同じ心地になった。頭の芯がぼんやりとして、身体は雲の上で寝転んでいるみたいにふわふわする。

しかし、アッドがそばにいる安心感は絶大だ。微熱に耐えた疲労感がすっかりと消えて、心は凪いで安らいだ。


質よりも利便を優先したアッドが選んだのは、隣の路地にある宿だった。

つがいの儀式を交わしたオメガの発情が、相手のアルファを煽らないわけがない。部屋に入るなり濃厚なキスが始まり、ジニアは立っていられずに寝台へ横たわった。

「水をもらってくる」

背中を支えていたアッドが濡れたくちびるを離し、引き留めるジニアの指先にキスを押し当てた。仕草はまるで恭《うやうや》しく、気恥ずかしさを感じてうつむく。

すると、その額にもキスが押し当たる。アッドは全身で名残惜しそうにして、寝台をおりた。

ひとりになると、途端に強い不安感が募り、ジニアはもそもそと寝台の上にうずくまった。

激しく高鳴る胸の鼓動に耳を傾けて、浅い息を繰り返す。

自分の指でくちびるに触れると、アッドの肌を思い出して気分が高揚した。こうなってしまうと、押し殺していた願いが溢れて止まらなくなる。

引かない微熱に翻弄されていたあいだ、ジニアがずっと否定してきたものだ。

会いたくて会いたくて会いたくて、抱きしめて抱きしめられて、たっぷりとしたキスに溺れたいと願っていた。

それが叶った喜びに胸は打ち震え、幸せすぎてこわいと思いながら、理性的でなくなっていく自分にも気づいた。

アルファのフェロモンにあてられているのかもしれない。

身体の熱さはすでに微熱と呼べるものではなく、転がっているだけで汗をかく。

ジニアは起きあがり、服を脱いだ。

行動を制御できず、他人ごとだと傍観している自分を感じる。シャツに続いてズボンを脱ぎ、寝台にかかっている布を剥ぐ。適当にかき集めて、寝台に座る自分のまわりに不格好な楕円形《だえんけい》を作った。そのなかで、脱いだばかりの服を腕に抱いた。

匂いはほとんど自分のものだが、激しい抱擁で身を寄せあったアッドの匂いもかすかにまじっている。それを感じ取ったジニアはえも言われぬ満足感を覚えた。女医の宣告を受けて荒れていた心が穏やかになり、ただ、ここにいることに集中できる。

はぁ、と吐いた息づかいは熱く潤み、ドアが開いてアッドが戻ってきたことに気づく。

「……どうしたの」

静かにドアが閉じて、優しい声で問いかけられた。

黙って視線を向けたジニアの頬は上気して、汗ばんだ肌に金糸の髪が貼りつく。

「暑いのか。窓を開けよう」

小さなテーブルに水差しとタオルを載せたアッドが部屋を横切った。寝台とテーブルと椅子ひとつを置けば、まっすぐ歩く余裕もない狭さだ。

身をかわして窓へ近づき、カーテンを開けた。

窓を持ちあげると、湿った風が部屋の床を這って吹きこむ。いつのまにか天気が変わり、外は薄暗く翳《かげ》っていた。

「あぁ、雨だ。これじゃあ、きみの身体が冷えてしまうな」

窓を閉めながらアッドが言う。しかし、新しい空気が入ってきたおかげで換気にはなった。

ジニアは、カーテンを引くアッドの背中を眺め、うっとりと目を細める。それもつかの間だ。すぐに落ち着かない気分になり、視線を左右上下にさまよわせて息をつく。

アッドが立っているだけで、簡素な安宿の一室は雰囲気を変えた。宮殿のそばに建てられた小屋で逢い引きしている気持ちになり、窓の外には丹精を凝らした庭園が広がっている気さえするのだ。

　正体不明の焦燥感《しょうそうかん》に駆られ、胸の奥がきゅっと締めつけられた。

「アッド……。服をくれ。その、着ているやつ……」

　伏せた視線を戻して手を伸ばすと、アッドはかすかにうなずいて上着を脱いだ。ジニアが奪ったシャツとは形が違う。飾り刺繍も別の意匠《いしょう》だ。

「どうぞ」

　差し出されたシャツを受け取る指が震えたが、恥ずかしいと思う余裕はなかった。

　甘酸っぱい花の香りが部屋中に満ちている気がして、身体はいっそう熱く火照る。ジニアはうつむき、シャツを頬に押し当てる。

「下も、脱いで……」

　目を閉じているジニアの声はかすれた。アッドの動く気配がして、ジニアは薄目で様子をうかがう。引き締まった太ももがあらわになり、床とこすれたズボンが音を立てる。

「……下着も」

「あぁ……、そうか」

　とんでもないことを言っているはずだが、アッドは動じなかった。横を向いて下着を脱ぎ、丸めて渡してくる。ジニアは掛け布で作った楕円のなかで、自分の衣服とまぜてこねた。両手できゅうぎゅうと押せば香りが移ると思ったわけではない。

どうしてもそうせずにいられないだけだ。

これがオメガの本能だと言われたら安心してしまいそうなほど、自分でもなにをしているのか、わけがわからない。

「俺、なにをしているんだろう」

ふと言葉が洩れた。手で押している布地へ顔を伏せて、そのままごろりと転がった。満足感はあったが、肌はいっそう熱くなるばかりだ。

「巣作りだよ」

寝台のそばにしゃがんだアッドの手が、シーツの上に乗る。指が少しずつ這い寄ってくるのを、ジニアはぼんやりと眺めた。

「ヒートが来たオメガの習性だ。もっとたくさん、わたしのものがあるとよかったんだけど……。つらいね」

アッドの手が掛け布の楕円形に触れる。確かに巣の形だ。ジニアはそのなかで、小さくうずくまっている。

「汗を拭いてあげようか」

声は甘く響き、ジニアはとっさに彼の人差し指を掴んだ。

小首を傾げて微笑むアッドの顔が、焦点の合わない目にも認識できた。胸が震えて、どうしても彼が欲しくなる。

くちびるがわなわな震えだして止まらず、気づいたアッドが上半身だけを寝台へ伏せる。

「ジニア、ゆっくりと息をしてごらん。だいじょうぶだよ。ヒートが来るたびに、慣れてくる。……わたしがいるからね。心配はいらないよ」

手のひらが頬に触れて、肩に貼りつく髪がよけられる。

「隣に入ってもいいかな？」

「……ここの？」

「うん、そうだ。匂いが足りないだろう？　大元があれば、心もきっと落ち着く。添い寝するだけだから……」

言いながら、楕円形の巣へ入ってくる。

ジニアは拒むことも忘れ、シャツを抱いたまま、彼の腕にくるまれた。首の下にたくましい腕が伸び、剥き出しの背中へも片方の腕がまわる。

アッドが言うとおり、彼の肌の匂いが一番心地よかった。

ジャスミン、レモン、ネロリ、そして媚薬《びやく》のようなイランイランの香り。

胸いっぱいに吸いこむと、肌がせつなく痺れて腰下へ熱が溜まる。下着の内側でむくりと首をもたげたが、触れる気にはならなかった。互いに、その部分だけは相手の肌から離している。

「ジニア……恋しかったよ」

吐息が頭頂部へ吹きかかり、ジニアは目を閉じた。たくましく鍛えられたアッドの胸板へ額を押し当てる。

心臓が刻むリズムはやわらかく、はじめて体験するヒートは想像よりも穏やかだ。そばにアッドがいるからだろう。背中をさすられ、ときどき、あやす仕草でとんとん叩かれる。

ジニアの吐く息が肌をかすめると、アッドの肌も震えて熱くなった。それが嬉しくて何度も繰り返すと、肩を引き剥がされる。

「そんないたずらをするものじゃない……」

熱を帯びて潤んだ瞳には、あの夜と同じ情熱がある。つがいになったアルファとオメガが互いの匂いに溢れた巣のなかにいるのだ。いくら理性的なアッドでも、性的欲求を感じないはずがなかった。

「アッドはいい匂いがする」

「きみもだ。……ねぇ、ジニア。もっと話をしよう」

「もう、したよ」

ジニアはうっとりと相手を見つめた。心のすべてが傾き、彼一色になっていくのがわかる。オメガ覚醒してしまった戸惑いも恐怖も、腕に抱かれているいまは感じない。

「もっとだ。きみの声が聞きたい」

「どうして、そんなに優しいの。アルファは、もっと傲慢で偉そうで……、そういうものだと

聞いてたのに」

「アルファと会ったことはないと言っていたね。結局は、それぞれの資質が表に現れるだけのことだ。わたしはきっと、どんなアルファよりも臆病《おくびょう》だと思うよ」

そう言っても、アッドは少しも卑屈《ひくつ》に見えなかった。臆病とは、彼に限っては『思慮深さ』と同意義だ。

「へぇ、どうして？」

ジニアは笑ってアッドを見た。

「臆病になる必要なんてある？　あんたはアルファで、俺はこのとおりだ……」

手にしたシャツを頬に押し当て、片手をアッドの肋骨《ろっこつ》のあたりに這わせる。

「あんたが望むとおり、オメガ覚醒しちゃったんだよ。もう、どんなふうにでもできる。俺をさらっていくことだって……」

そうして欲しいと思う気持ちが言葉になる。

有無を言わせずに奪ってくれたら、憤りは一瞬のことで、すぐに新しい生活を受け入れるだろう。あきらめることには慣れていた。

こんなふうにヒートが来ては、旅芸人として暮らしていけない。

「……確かに、自分だけのオメガを探していた。でもね、本当に求めていたのは真実の愛だ」

歯の浮くような言葉だったが、アッドにはよく似合う。

「それがなければ、王座の重責には耐えられない」

若き王として君臨する彼の苦労は、ジニアの想像を超えるものだ。だからこそ、どんなひと言にも孤独が滲み、しかも、受け入れて御する強さが垣間見《かいまみ》える。

アッドがアルファだから強いのではなく、彼が言うとおり、本来の資質が立ち現れるのだとジニアは思った。

「あんたが相手なら、だれだって支えたくなると思うよ」

「ありがとう。きみから言われると嬉しい。……そうして、くれる？」

「違う、俺のことを言ってるんじゃないんだ」

誤解をとこうとしたが、アッドはいたずらに瞳を輝かせ、微笑みでかわしてきた。ほかのだれかなど存在しないのだと思い知らされ、ジニアの頬がまた上気する。

「頬が赤いね。水でも飲む？」

身体を起こそうとしたアッドを引き寄せる。身体が傾いで、ジニアへ覆いかぶさる体勢になり、寝台の上に両手を突いた。

「飲まない」

ジニアはまっすぐに彼を見つめた。

心がふたつに割れて、本心を決めかねる。

ひとつは、一緒に生きられないと拒む心で、もうひとつは、あの夜のように交わりたいと願う心だ。きしんで引き裂かれる苦しさを感じ、ジニアはすべてをアッドに委ねたくなる。

しなやかな身体をうぶな仕草でくねらせて、両手を差し伸ばした。また頭の芯がぼうっとして、体温が跳ねあがっていく。

「ジニア、話があるんだ」

「あとにしてよ」

真剣なアッドと見つめあい、もう我慢ができなくなる。膝が自然と開き、アッドの筋肉質な足をなぞった。しどけなく誘う仕草だったが、どこかぎこちない。

自分でも笑ってしまいながら、ジニアはため息に似た声で訴えた。

「下着を脱がせて……。触って欲しい」

「あとでちゃんと聞いてくれるね？」

念押しされたが、下着にアッドの指がかかり、脱がされるいやらしさで答えが飛んでいく。

「あ……」

甘い声を洩らし、肘をついて身体を起こす。首をもたげる象徴が目に入る。行き場がなく、まだ育ちきっていないが、先端からは透明の滴《しずく》がこぼれ、肌とのあいだで糸を引く。

「アッドに、触って欲しい」

「……もちろんだ。わたし以外には許さないでくれ」

指が根元を支え、上向きにされる。それだけでむくむくと育ち、アッドの手のひらへ甘え寄って脈を打つ。

「んっ……」

「きみのここはいやらしいな」

「そ、んな……」

否定しようと試みたが、どう見てもいやらしい。ジニアにも自覚があり、言葉は喉に詰まる。

「ジニア、気持ちよくなっていいよ」

大きな手のひらに包まれ、根元からしごかれる。腰がついていきたがり、しきりと浮く。息はすぐに乱れた。

「あ、あ……いい……きもち、いい」

甘い情欲が腰あたりに溢れ、全身へ広がっていく。アッドの手筒は、ジニアの快感に寄り添い、丹念に動いた。

いじわるに焦らされることもなければ、手早く済まそうとされることもない。たゆたう気持ちよさに喘ぎ、ジニアはいっそう足を開く。

「あ、あっ、ん……んっ……アッド……あぁ」

股間を見つめていたアッドの視線が肌をたどり、ゆっくりとジニアの顔に行き着いた。あごを引いて視線を返した瞬間に、身体がびくんと跳ねる。熱っぽく欲求を募らせた男の表情がそこにあったからだ。

どんなに欲情を隠そうとしても、びりびりと空気を震わせて伝わってくるものがある。むせかえりそうなアルファの匂い。柑橘花のごとき、アッドのフェロモンだ。

「あ、あぁっ……」

ジニアは激しく興奮した。背中をそらし、腰を浮かせる。びゅっと勢いよく飛沫が弾け、白濁した液体はジニアの肩に至った。

「ん、んん……っ」

アッドの手は最後の一滴まで搾ろうと動き、ジニアは身をよじらせた。

「やっ、だ……」

拒んで手を伸ばすと、指先を口に含まれる。ねっとりと舌を這わせながら、アッドは伏せた精悍な瞳を向けてきた。

それだけで煽られ、腰裏がきゅうっと刺激を感じて股間がまたむくりと芯を持つ。そしてなにより、足の付け根の奥、スリットの狭間に隠れたすぼまりが熱を帯びた。

自分の理性が溶けていくのを感じ、くちびるを噛んでアッドを見つめる。奪ってくれと言えば、嫌だと断られるに決まっている。

ならば、どう誘えばいいのか、してもらえるのか。

身の処し方のゆくえも忘れ、この瞬間の欲望だけに溺れたくなる。しかし、それはアッドの誠実さに対する裏切り行為だ。わかってはいたが、オメガとして覚醒した以上、本能のうねりは止められない。

そもそもジニアは、それほど我慢強い性格ではなかった。

「アッド……触って。……後ろ」

「……それは、歯止めが利かなくなる」

ジニアは自分について言われていると思ったが、アッドの表情は彼自身のことを語っていた。

にわかに信じられず、まばたきを繰り返して見つめる。

「しない、の……」

「話があるんだ」

「……しないの？」

身体を起こし、アッドの肩に片手を置く。もう片方の手を掴んだ。

「ジニア……」

後ろへ倒れながら手をいざなうと、アッドは苦しげに目を伏せた。整った顔だちは、迷いに歪んでいても美しい。

「して」

まっすぐに見つめて足を開き、腰裏のすぼまりに指をあてがう。アッドの体温を感じると、背中が自然にしなっていく。

「欲しいんだ。……アッド。それを挿れて欲しい」

声は熱く濡れてかすれた。ジニアの言葉を聞き、アッドは長いため息をつく。下腹部に触れるほどにそりかえった象徴は伸びやかに太い。

そうなってしまう自分を恥じたのかもしれないが、ジニアはただ嬉しかった。

狭い部屋で抱きあい、触れられて果てたあとだ。今度はアッドを内側で感じたくて、ものごとの整合性を考える理性など微塵も残っていない。

早くアッドを受け入れたかった。燃えさかる炎のような愛情を、清廉《せいれん》として高貴なアッドに貪らせたい。

「きみは、悪い男なんだな」

アッドが目元を歪めた。指先はじわじわと円を描き、ふたりが繋がるための場所をなぞる。

「……ん……っ。嫌いに、なっただろ……?」

ジニアは微笑み、自分の身体の下敷きになっている髪を引き出した。しどけなく息をつき、なまめかしい目でアッドを急がせる。

「わたしは、身体を繋がないつもりで、ここへ誘ったんだ」

唾液で濡らした指がすぼまりを押し開く。太い指に突かれ、快感を得たジニアは笑みをこぼした。花が開いていくのに似た、穏やかで優しい欲情が全身を駆けめぐる。

それがアッドのセックスだ。

ひとつも傷つけず、奪わず、それでも全身でジニアを求めていた。

「高貴な人の考えることはわからないな。……あんたは俺のアルファだ。繋がらないなんて、そんなこと、ありえないだろ。……そういうものなんだろう？　俺に夢中になって、俺なしじゃいられないいんだ」

「わかってるじゃないか」

目を伏せたアッドの肌から、燃えたぎる気配が溢れる。ジニアの放つフェロモンに煽られているのだ。

ふぅっと熱い息を吐き、ジニアの体内に収めた指を器用に動かす。

「ん……っ」

抜き差しされるのではなく、指でぐるっと内壁をなぞられる。未知の快感が全身を駆け抜けていき、ジニアはあごをそらした。

反応を堪能するアッドのまなざしは熱心だ。ジニアの痴態《ちたい》を求めて、いっそう淫《みだ》らに指をひねる。

「あ、あぅ……」

「きみを大切にしたいんだよ」

まっすぐ見つめられ、甘くささやかれた。

「抱いてくれと言われたら断る言葉はない。きみの望むままだ。……そういうものなんだよ。きみと離れて暮らせば、わたしの身体は毎晩、夜泣きするだろう。だから、きみも心から愛してくれなければ……」

口説きを繰り返しなら、アッドの指は繊細に動く。

「……あ、あぁ」

内壁をこすられたジニアは快楽に酔い、繊細でいて大胆なアッドに翻弄される。

「……育ちがいいくせに、いやらし……っ」

「愛しているからだ。快感に夢中になっている姿が見たい。もっと夢中になってくれ」

「あ、あんっ……んっ！」

ジニアが甲高い声を弾ませると、アッドの指はいっそう執拗《しつよう》に蜜壺《みつつぼ》を混ぜた。ぐちゅぐちゅと粘着質な音が立ち、耳からも卑猥な快楽が流れこむ。

「アッド、アッド……っ、きもち、いっ……あ、あっ」

両手を下腹部へ伸ばし、アッドの腕を掴む。あまりの気持ちよさに、動きを制御したくなったからだ。

「だめ、そんなに……したら……。挿れる、前に……っ」

「見せて、ジニア。きみのなかに入ると、わたしはまるで理性がなくなる。だから、その前に……淫らなところを……もっと」

「……っ」

ジニアは息を吸いこんでかぶりを振った。自他共に認める美貌は快感に歪み、アッドと交わる以前よりも成熟して官能的だ。

「あ、あっ……」

容赦のない指技で追いこまれ、アッドの腕を掴んだままでのけぞる。膝が引きあがり、欲望のそそり立つ谷間があらわになる。その奥にはアッドの指が深々と刺さっている。

見られる羞恥にさえ快感を得たジニアは、おのれの欲深さに打ち震えた。アルファだとか、オメガだとか、ヒートだとか、そんなことはよくわからない。

ただ気持ちよくて、快感を分けあう相手がアッドであることが嬉しいだけだ。彼とセックスしていると認識するだけで、下腹がじんと痺れて苦しくなる。

「んっ、ん……あぁっ……ッ！」

汗ばんだ身体が痙攣《けいれん》して、足の先までピンと伸びた。

大きな快感の波に呑まれ、天井がぐるぐるとまわりだす。身体はもうどこもかしも敏感になって、甘い喘ぎがひっきりなしにこぼれていく。

「きれいだね、ジニア。……これから、きみをもっと理解するよ。きみにふさわしい夫になるから……ねぇ、ジニア。わたしのところへおいで」

甘いささやきには、これまでにない独占欲が滲んでいた。オメガを支配して、すべてを貪ろうとするアルファの欲がアッドにもあるのだ。

見た目にも、ヒート中のフェロモンに煽られているのがわかってくる。ジニアの胸で尖ったしこりをこねる指先が汗ばみ、息づかいも視線も、アッドのすべてが情熱的に高まっていく。

ジニアも彼に煽られ、夢見心地になった。

うなずいたのか、かぶりを振ったのか。わからないままに、覆いかぶさる肩を押し返す。

「いま、だめ……」

太い昂ぶりの先端が押し当てられ、腰がよじれる。期待は大きかったが、それ以上にこわかった。たっぷりとかきまわされ、ぐずぐずにとろけているのが自分でもわかるほどだ。

「感じやすい……から……っ。あ、あぁ……」

自分から誘いをかけ、紳士的なアッドの理性を剥いだことなどすっかり忘れていた。

「ジニア、入るよ」

声がかけられ、先端が押しこまれる。ぐっと、すぼまりの肉を押し広げ、すさまじい男振りが入ってくる。苦しさはあったが、それに勝る快感がジニアを揺さぶった。

相手がアッドだということがまず熱を生む。それに続いて、アルファの匂いに欲情が猛った。

それはアッドも同じはずだ。眉根を引き絞り、ジニアの身体を気づかって浅く抜き差しを繰り返すが、アッドの息は乱れて弾み、低く悦を帯びたうめきが洩れる。

「あ、あっ」

愛している男のせつなげな顔に、淫靡《いんび》な欲がうねりながら高まっていく。

「あぁ……ジニア」

顔を伏せたアッドの舌が胸に触れ、小さな突起が舐め転がされる。神経が過敏になっている
ジニアは低くうめいた。くちびるが閉じきらず、いやらしく濡れた吐息がこぼれ続ける。

次にくちびるへキスをされ、アッドの腰が大きく前へ進んだ。

「ん、んっ……！」

以前とは違う力強さに引き戻されて、情熱的な抜き差しが始まる。もちろん、気づかいは残したままだ。乱暴に奪われる行為ではなかった。

ふたりはすぐにもつれあい、互いの欲望を満たしていく。

濡れたくちびるを重ね、舌を絡ませ、どちらともなく腰をまわす。快感が泡のごとく溢れ、ひとつひとつ繊細に弾けて、甘い蜜が滴《したた》る。

アッドの髪に指を潜らせたジニアは、彼の耳朶を噛んだ。痛みに耐えるとひときわ大きく跳ねるアッドの分身を敏感な内壁で感じる。

何度も繰り返すと、アッドにも噛まれ、彼を包んだ肉がきゅうっと狭くなっていく。

「あっ、あっ……」

「ジニア、噛むな」

たしなめられたが、与えられるのは甘いくちづけだ。

「わたしの耳をかじり取らないでくれ……。食べたら、なくなってしまうだろう」

微笑むアッドは楽しげだった。ジニアを腕に抱き、複雑な腰つきで何度も突きあげる。その

たびに、ジニアは声を放ち、痺れに似た痙攣の虜《とりこ》となる。

ふたりのあいだで揺れるジニアの象徴は、やわらかな芯が入ったままで蜜をこぼし、それもまた快感の糸口に変わっていく。手で触れるまでもなく、アッドの腹へ押しつけた。

「あぁ、あぁ、……あ、くっ……ぅ……」

目の前でチカチカと星がまたたき、そのたびに顔を覗きこまれる。遠くへ押し流されそうなこわさはすぐに消えて、見守り続けてくれるアッドにしがみついた。

「くる……また……」

声を震わせながら、くちびるを濡れた肌へ押しつける。アッドの汗を舌で舐め取ると、甘く芳醇《ほうじゅん》な香りに目眩がした。

「あぁ……っ」

そのまま強烈な感情の高まりを受け入れ、歓喜の声を振り絞る。

そこにアッドがいてくれるから、こわいものはなにもなかった。ふたりで分けあう快感が、アルファとオメガの宿命だとしても、アッドとなら与えられた運命を幸運と呼ぶことができる。

まず淡い好意をいだき、そして知りあい、そっと触れた心と心だ。

「あ、あぁ、あー……あぅ……あ、あっ……」

貫かれ、揺さぶられるたび、ジニアのまなじりから涙がこぼれる。

「ジニア、……ジニア」

アッドの声は低くかすれ、理性を失った腰つきが激しさを増す。それも受け入れて、ジニアは彼の腰に足を絡める。

熱く濡れそぼった身体の奥で、アッドの象徴が跳ねた。どく、どくっと熱い体液が粘膜を打つ。若い精がたっぷりと注がれ、ジニアの全身は小刻みに痙攣して跳ねる。

「……出て、る……アッドの……あ、ぁ……」

恍惚の浮かぶジニアの瞳は潤んでいた。長いまつげに涙の滴がつき、まるで宝石のようにきらきらと輝く。

ふたりはまたくちびるを重ね、肌を押しつけあって身をよじらせた。

ジニアが作った巣のなかで、ふたりは長い手足を曲げて身を寄せあう。巣に敷き詰めていた服は行為の最中に一枚ずつ押しやられ、ぐちゃぐちゃの固まりになって足元にある。

背後から抱かれたジニアは、首の下から伸びているアッドの指を摘まんでいた。

窓を打つ雨の音は激しいが、耳元に聞こえるアッドの寝息は健やかだ。安らかなひとときを味わい、そして、ひたひたと引き戻る現実の気配に怯む。

オメガになったことは、受け入れるしかない。これまでの生活よりも不便になるが、手足がもがれたわけではないのだからと、ようやく楽観的な考えも芽生えた。

浮き草の踊り子暮らしだ。明日のことは明日になってから考えるし、遠い未来のことは想像もしない。そうやって生きてきた。

これからもそうやって生きていくのが、自分には似合いだと思う。

けれど、アッドのことをあきらめられるわけではなかった。ジニアに触れて昂ぶる彼を知るたびに、そのすべてが欲しくなってしまう。

アッドはアルファで、ジニアはオメガだ。つがいの証しも首筋に残っている。

けれど、連れ添う覚悟はできない。

そっとアッドの腕から抜けたジニアは寝台の足元まで這った。

そこで腰をおろし、自慢のしなやかな足を伸ばしてみた。アッドを受け入れた場所に残る違和感に、思わず微笑みがこぼれる。

アッドのことは好きだ。激しく抱きあって、こうして冷静になればしみじみとわかる。

オメガ覚醒したことで、彼のそばにいる理由はできた。

求めに応じて宮殿へ入り、彼のそばにはべることも悪くはない。

何度もヒートを繰り返し、やがては母と同じく子を産む。それを幸福だと感じた瞬間、ジニアの心には、子どもを抱いた自分の姿しか浮かばなかった。アッドは不在だ。

愛はいつか褪《あ》せていく。

そのとき、ふたりで生《な》した子は傷つくだろう。かつて、幼いジニアが傷ついたように、深い傷が残ってしまう。

片膝を抱いて、ジニアはため息をつく。

窓を叩く雨の音に耳を傾け、部屋に満ちた匂いを吸いこんだ。

記憶のなかにある母の面影が、雨に濡れて滲む。

胸がきりきりとしんで苦しくなり、ジニアは抱えた足を離して、自分の身体を抱いた。

汗は引き、肌寒さを感じる。アッドのそばに戻りたかったが、依存することがこわくて戸惑った。

彼のために王宮で暮らし、教育を受けて型にはまれば、見た目だけでも立派な王妃になれるだろうか。きっとアッドは喜んでくれる。

そんな夢をまばたきのあいだだけ見て、また、ため息を転がした。

未来を信じる力が、ジニアには備わっていないのだ。ここから先へ踏み出す一歩を知らない。そして夢はうたかただ。美しさに見惚れたときには弾けて消える。

愛して愛されて、いつか、捨てられる。身分違いの恋に溺れたら、母の二の舞だ。それしか考えられず、そんなことを母は望むだろうかとさえ思う。

引き結んだくちびるをほどき、ジニアは懐かしい唄を口ずさんだ。幼いころ、母が歌ってくれた唄は、ジニア自身を優しく包む。

そして、背中から伸びてきたたくましい腕もジニアの身体を包んだ。

「……どこへ行ったのかと思った。もう、勝手に消えたりしないでくれ」

アッドの甘いささやきが耳元をくすぐり、ジニアは首を傾けた。さらした肌にはふたりを繋ぐつがいの証しが刻まれている。

「この数日は、うたた寝程度にしか眠れていないんだ」

くちびるを押し当てるアッドの息は熱く、触れあう肌も温かい。

ジニアは驚いたが、態度には出さずに気のない返事をした。寝ぼけたアッドはジニアを抱き寄せて、さらにささやく。

「きみがいなければ、もう眠ることも食べることもできないんだ」

甘い口説き文句が身に沁みて、もっともっと聞いていたくなる。

一緒にいられないと覚悟を決めても、愛情はあきらかにアッドへ傾いていく。目を伏せて、胸の前にまわった腕に指を添える。

「そんなふうでは困りますよ、王さま」

ふざけて答えたが、アッドは乗ってこなかった。小さくため息をこぼし、真剣な声で言う。

「きみがいればいい。きみさえいてくれたら、わたしはだれよりも聡《さと》い王になれる。なると約束するよ」

あご先に指が触れて、振り向かされる。くちびるが触れあい、吐息が想いを絡ませていく。

「ジニア、どうしても、このまま一緒には来てもらえないか」

「……このままっていうのは……ね……」

傷つけたくなくてあいまいに答えると、アッドはため息をついた。

「そうだな。ものごとには順序がある。きみにいい報告をするから……。今度は、三日経たず会いに行く」

「この町を……」

いつ離れるか、わからない。

そう言うことができず、ジニアは身体をよじらせた。アッドの肩へ頬を預ける。横向きに抱かれながら、彼の肌のなめらかな感触を指でも確かめた。

アッドはまだあきらめていないのだと、そう思うことに罪悪感が生まれる。

ジニアは、彼のために生きる覚悟が決まらない。愛を貫けないのは自分のほうだと知るのがこわい。なのに、アッドは一途に求めてくれている。

それこそが、高貴な宮殿の花と、流れ流れていく浮き草の違いだ。身分違いのアッドにはわからないだろう。

アッドの夢を壊したくなくて、ジニアはもうなにも言わなかった。

彼の語る夢物語を、この狭い部屋にいるあいだは信じると決めて、自分からキスを求めた。

ふたりはふたたび絡まりあい、シーツの波間で愛を交わした。

別れ際はやはり、ジニアが抜け出す形になった。

眠るアッドを寝台へ残し、身体が冷えないよう、しっかりと掛け布でくるんだ。

それから、自分の着ていた服ではなく、彼が着ていた服を選んで身につけ、宿屋を出た。微熱はすっかりさがっている。腰にだるさは残ったが、水溜まりを避けて歩く足取りは軽い。

雨はやみ、うらぶれた通りに人影はなかった。

しばらく歩いたところで、前からペスカが駆けてきた。

「どこに行ってたの！」

飛びつく勢いで聞かれ、両手首を掴まれる。

「熱……さがったの……？」

声が小さくなり、愛らしい表情が歪んだ。めざとい視線は、ジニアの衣服が違うことにもすぐ気がつく。

「あの男と、また会ったの？　どういうつもり？」

「どういうつもりもないよ。宿屋に戻ろう」

ペスカの肩を抱いて歩きだすと、服を引っ張られた。

「マウロが出発するって言ってる。もう馬車の用意ができてるから」

「そっか」

アッドを残してきた宿が気になったが、視界の端に護衛の男たちが見えて、振り返るのをやめた。ペスカと通りを歩きながら、目を伏せる。

アッドと離れてしまえば魔法がとけて、みすぼらしい元の自分へ戻る気がした。彼についていくの、いかないのと、そんな判断を悩むことすらおこがましい話だ。

「ジニア。まさか本気になったとか言わないよね？　いい思い出にしておくべきなんだよ。わかってるよね？」

責める口調で言われ、ジニアは苛立ちを覚えた。ペスカの肩から腕をおろし、軽く押しやって距離を取る。

「わかってるよ」

口調は思った以上に冷たくなったが、不機嫌なペスカも負けじと目を据わらせる。

「向こうは、金も権力もある。踊り子を追いまわすほど暇なんだ。……燃えあがるほどに、冷めるのも早い。……捨てられて、泣いて欲しくない」

「そのときは、おまえが慰めてくれ」

「……よく言うよ。その気もないくせに」

苦々しく吐き捨てるペスカの肩が震えていた。

「捨てられるようなことをしなければいいんだよ。もう二度とアルファなんかに近づかないで。ねぇ、ジニア。本気で言ってるんだよ」

進路を塞いだペスカが胸にしがみついてくる。

「お願いだから、ぼくのそばから離れないで。ひとりにしないで」

やはり華奢な肩は震えていた。

腕をまわして抱き寄せ、やわらかな髪にくちびるを押し当てる。

「……わかってる。なぁ、兄弟。いつも一緒だ」

ジニアは一度だけ強くまぶたを閉じた。あらかじめ約束された哀しみが押し寄せ、首筋の痕は疼きを覚える。

ペスカは、なにも知らない。

オメガ覚醒したことも、アッドの本気も。そして、ジニアの胸に巣食っている母の呪いにも気づかない。

好きになればなるほど、ジニアはアッドの愛を信じきれない。そして、いつか壊れてしまう自分ばかりが目に浮かぶ。それが、母の呪いだ。

どうせ終わってしまうなら、期待させて傷つけるより、逃げ続けて飽きられるほうがよほどいい。見つけてくれたのはアッドだから、離れていくのもアッドであって欲しかった。

じっと見つめてくるペスカに視線を返さず、ジニアは背筋を伸ばして歩きだした。

【4】

薄暗い部屋の寝台のそばに置かれた椅子へ腰かけ、着飾ったジニアはうつむく。汗ばんだ女の指先が伸びてきて、身にまとった薄布が握られる。

しゃらしゃらと飾りが鳴って、嬌声をあげてのけぞった女が引き戻されていく。

ジニアはなにも考えない努力した。けれど、頭の片隅には常にアッドの姿がある。

汗を滴り流す肌、濡れた髪、情欲を滾らせても気づかいを忘れない瞳。

指先はジニアの肌に食いこんだが、乱暴さは少しもなかった。そのことが、他人の性行為を盗み聞きながら思い出される。

あれほど優しい行為は、閨飾りをしているあいだにも聞いたことがない。いやらしく熱っぽいのに、アッドのすることには気品があるのだ。

欲情をぶつけあうのでも、奪いあうのでもなく、愛を分かちあおうとする官能的な行為に、なにも返せなかったことがいまさら悲しくなる。

どれほどたくさん、他人の閨ごとを盗み聞いても、愛するための手本にはならなかった。

安宿の逢瀬《おうせ》から二日経ち、旅の一座はふたつの町を巡った。踊りの披露が一度、そして今夜の閨飾り。どちらもジニアがオメガ覚醒してはじめての仕事だ。

マウロは医者の見立てを尋ねてくることもなく、微熱がさがった事実だけを喜んでいた。なにをどこまで知っているのかと思うが、こわくて聞けない。医者から直接結果を聞いたのなら、ジニアの体調が持ち直した理由も想像できているはずだ。

アッドと交わったから、未熟なオメガ性は落ち着いた。

しかし、次のヒートはいつとも知れない。

ジニアはそこはかとない恐怖を感じ、内心で怯えていたが、態度には表わさなかった。

少なくとも、ヒートの症状が出るまでは、いままでどおりに振る舞うしかない。

それでも性的興奮を煽るフェロモンは出ているらしく、一座の仲間は「色っぽくなった」と不思議がったし、旅の途中で会った何人もの男女から夜の相手にと誘われた。

「追加の報酬をもらっただろう。ジニア」

仕事を終えたジニアが応接室へ戻ると、マウロは当然のように手のひらを見せた。

ジニアは素直に紙幣の束を渡す。とんでもない大金だ。

「あのおっさん、いや……ご亭主は勃起したんだな」

金を数えながら問われ、ジニアはため息をついた。

「……それどころか、二回、三回……、夫婦共に満足してたと思うけど」

「そりゃ、そうだろうな。こんなにも渡してくるんだから。……よっぽど困ってたんだ。おまえはいい仕事をしたよ」

肩を叩かれ、部屋の外へ出た。邸宅の前に用意された送りの馬車へ乗りこむ。

やがてガタゴトと車輪が鳴り、マウロはおもむろに膝へ手をつき、前のめりの姿勢になった。

「そういや、噂を聞いたよ。オルキデーア国王の結婚話だ」

「……ふぅん」

ジニアはわざと気のない返事をした。

「ほぼ決まっていた結婚話を断って、自分で探したオメガを正妃として迎えるらしい。……夢のある話だろう」

「……なにが？」

つれなく答え、窓の外へ視線を投げた。そこでようやく、オルキデーアがアッドの治める国だと気づく。マウロは続けて話した。

「あの国はな、ジニア。このあたり一帯の穀物貯蔵庫だ。鉱石発掘と農業で栄えている牧歌的な国で、王宮と国民の距離も近い。小さいからこそ、安定した国だ」

なにを言いたいのかと怪しんだが、ジニアは視線さえ向けずに黙る。

マウロはため息をひとつこぼし、声をひそめたまま言った。

「結婚話の相手はおまえだろう。……アグリフォーリオの花祭りから、俺たちはずっとつけられている。いや、オルキデーアの護衛がついてまわっているんだ」

「……マウロ？」

視線を向けたが、馬車のなかは暗く、老いたマウロの表情は見えなかった。

「使者だという男とも話をした。つまり、相手は本気だ。おまえが納得するまでは、いまのままでいいとまで言われた。……そんなことがあるか。アルファがおまえの意思を尊重しているんだぞ」

「……どういう意味の『そんなことあるか』なんだよ。……どうせ、顔が気に入ったとか、身体の相性がいいとか、そういうことだ」

投げやりな返事を聞き、マウロは驚いたふうに息を詰めた。

「おまえ……」

「ついうっかり、噛んでくれなんて言ったのは俺だ。こんなことになるなんて、考えもしなかった」

ジニアの心は冷たく凍えて、声が喉で引っかかってかすれる。

「……あんまりにも育ちが違うから、物珍しかったんだ。でも、あんたにとってはよかっただろう。本当のオメガなら……」

「ジニア」

マウロの声が闇を切り裂く鋭さで響いた。

「俺なんかの冗談を真に受けるヤツがあるか。……だいたい、おまえ……、閨飾りのオメガってのは、つがいのアルファから捨てられたあとにやる小銭稼ぎだ。捨てられてもいないうちから、なにを言うんだ」

「オメガ覚醒したってわかってて、今夜もやらせたくせに、よく言うよ。……そっか、あんた……、王さまから金をもらったんだな」

ジニアが肩を揺らして笑うと、闇雲に手のひらが飛んでくる。マウロの指先は、とっさに逃げたジニアの頭をかすめ、垂れた薄布を波立たせた。

「もらって悪いか！」

怒鳴り声が響き、空気がびりっと震える。石畳の道に建てられたガス灯の明かりが差しこんで、互いの表情が見えた。

「べつに。当然だと思う。今夜も、大金が入ってきてよかったよ」

その日暮らしの旅芸人は、稼げるときに稼ぐのが鉄則だ。しかも、これまで稼ぎ頭だったジニアがオメガだとわかったのだから、できる限りの金を稼いでおく必要がある。

マウロはふんっと鼻を鳴らした。

「いますぐにでも連れていけと言ったけどな。それは王さまの望みではないらしい。……俺といたって、今夜みたいに飾られるだけだぞ」

「……踊れるだろ？」

今度はジニアが前のめりになる。マウロはおおげさに顔を歪めた。

「うちには用心棒がいないからな。いや、いたって無駄だ。おまえのフェロモンにやられて、そいつらが野獣になっちまう……。ヒートが決まった周期で来るならまだしも……、おまえの場合はしばらく不定期だっていうじゃないか。とんでもなく難しいことだらけだ。……正直、俺にはおまえを守る自信がない」

「……マウロ」

「これは親心だと思ってくれ。……なにが嫌なんだ。相手は一国の主《あるじ》だぞ。顔もよくて、性格もまっすぐで、あぁいう男は女癖だって悪くない」

「だからだよ。……俺が王妃さまなんかになれると思う？　どうせ愛妾になるだけだ。そんなの、俺は嫌だ」

はじめて胸の内を明かしたが、マウロはこともなげに鼻を鳴らして答えた。

「母親のことか。そんなことは、気にするな」

冷たく突き放された気がして、ジニアは苛立つ。感情が抑えられずにマウロの足を蹴ると、今度こそ平手打ちにされた。

「おまえはもうオメガなんだ！　欲情して獣みたいになった男に輪姦《まわ》されないとわからないのか！　そんなこと、一度でもあれば、アルファに捨てられるよりも先に、心がぶっ壊れるぞ」

「見てきたみたいに言うんだな！」

怒鳴り返したのと同時にマウロが立ちあがった。馬車の天井に頭を打ちつけても怯まず、ジニアの頬を二度三度と叩く。高価な衣装の胸ぐらを掴んだままで、ぶるぶると震えた。

息づかいから激しい怒りが伝わり、ジニアは目を伏せた。

マウロは長く生きている。そういうことが、かつてあったのだろう。

「次の町は長逗留《ながとうりゅう》する。おまえの覚悟が決まるまで、旅には出ない。興行も打たない」

「……そんな」

「閨飾りのオメガも、今夜限りだ。おまえのフェロモンは効きすぎる。それがよくわかった」

「マウロ……ッ！」

ジニアはすべり落ちて床へ膝をついた。座席に戻ったマウロの足に取りつき、ジャケットに手を伸ばす。

「どうして、そんな……。俺は、なにも変わってない。踊れるし、座っているだけなら……」

「今日、わかっただろう。おまえからは、甘い淫気が出てるんだ」

「いいことだろ？　金になるじゃないか。なぁ、マウロ……」

「その日暮らしは、いつか終わるんだ。おまえだって、羊飼いの娘との恋を夢に見ただろう。それがアルファの王に変わっただけじゃないか」

「……変わりすぎだよ」

ジニアは打ちひしがれてマウロの膝に額を押しつけた。

「あんまり寄るな」

ぐいっと押しのけられ、座席に戻される。

「こう見えて、俺はまだ現役だ。おまえが近づくとムラムラする」

「……ケダモノかよ」

舌打ちを返すと、マウロは陰気に笑った。

「おまえのフェロモンをなだめられるのは、あの男だけだ。……素直になってしまえ。欲しいものを欲しいと言えばいい。おまえには自分の望みを叶える力がある」

「……そんなこと、言うなよ。もしも、相手の気が変わったら……。俺の気持ちだって、いつまで続くかわからない」

「そういうことには、それなりの理由がある。夫婦なんてのはな、決定的にダメになるまで、なんとなくやっていくもんだよ」

「……母さんは、望まない。こんな……」

「だれも愛するなと、そう言われたわけじゃないだろう。言われたとしても、従う必要のない『呪い』だ」

マウロの言葉に、ジニアは硬直する。

その『呪い』を心の支えにして生きてきたのに、急に手放して自由になることなんて想像もつかない。

「おまえの母親がもしも生きていたら、なんて言うだろうな。……軽々しいことは言えないが、輪姦されて壊れるぐらいなら、新しい世界へ飛びこんでみろって言わないか？　……どうなったって、そっちがましだ」

ふざけた口調で言いながら、マウロはどこか悲しげに声色を曇らせた。

それはジニアの境遇を憐《あわ》れむのではなく、自分の手元からこぼれ落ちていく踊り子を惜しむ雰囲気がある。

ジニアは眉と吊りあげ、つんと顔を背けた。

窓の外をゆっくりと流れていく景色を眺めたが、心はまた乱れてとりとめもない。ため息もこぼれず、くちびるを引き結んだ。

アッドは三日経たずに会いに行くと言った。それは明日だ。

震えそうな指先を薄布に隠し、ジニアは目を閉じる。

まぶたに映る面影はひとつ。アッドだ。

しかし、胸には母の哀しみが広がっていた。

ジニアの心はふたつに揺れて、ただ、アッドに会いたかった。

＊＊＊

強がりは身を滅ぼすと諭されたことなら、いくらもある。だからといって、アッドの元へ飛びこめるはずはなかった。

マウロの宣言どおり、翌日には山間《やまあい》の小さな町へ移動した。しばらく休みにすると言われた仲間たちは、峠《とうげ》を越えた先の町へ出かけていく。

ジニアは誘われなかった。みんながみんな、身体の異変に気づいているからだ。なにも聞いてこない優しさに胸が痛む。

マウロが借りあげた山小屋に残ったジニアは、かたわらに生えた木の幹にもたれた。日陰は濃い影を伸ばし、鳥の鳴き交わす声が響く。

そわそわして落ち着かず、いまにもアッドが現れる気がした。

会えば、きっと、口説かれる。

一緒に来てくれと乞《こ》われ、どんな希望も叶えると膝をついて誓うアッドが見えるようだ。美丈夫な上に優しく朗らかで思慮深い。そんな男を好きにならずにいられるだろうか。想像するだけで胸が騒ぎ、どこにでもついていきたい衝動に駆られる。

夢を見てはあきらめ、あきらめたはずがまた夢を描く。アッドなら、母の呪いを解いてくれるのではないかと思えた。

いっそすべてを頼り、物憂《ものう》さを打ち明け、受け入れられたい。そして、新しい運命に飛びこみたいと思う。

失うとわかっている愛でも、じゅうぶんに味わってみたい。アッドに愛される幸福を、ジニアはもう知っているのだ。

ため息を続けて三回こぼして、ジニアは木の幹から離れた。

「どこに、行くの？」

すかさず声をかけてきたのはペスカだ。みんなとは出かけず、ジニアと山小屋に残った。まっすぐな髪を後頭部でひとつ結びにして、ゆるやかな一枚着の姿で駆け寄ってくる。甘い美少年ぶりは相変わらずで、動きはまるで小鳥みたいにかろやかだ。

「ちょっと町を歩いてみようかと……」

「嘘つき」

ぴりっとした声でなじられ、ジニアはたじろいだ。心の内側を見透かされた気がする。

「つけまわしてる、あの男たちを探すつもりでしょう」

きつい口調で責められ、ペスカが追い払っていた護衛たちのことを思い出した。いまもどこかに潜んでいるのだろうか。彼らが居場所を伝え、アッドは今日、会いに来てくれるはずだ。

「いまはいないよ。ぼくは敏感なんだよね。物陰でなにかが動くとすぐにわかっちゃう」

「……マウロはとっくに知ってたんだってな」

ジニアが言うと、ペスカは片手を腰に当ててあごをそらした。

「らしいね。ここを借りたのも、あの男の金だよ。……どうなってるの？　ここで、迎えを待ってるってこと？」

「違う」

「……ぼくには、なにも話してくれないんだね」

じっとりと見つめられ、ジニアは言葉に迷った。

「おまえはまだ子どもだ」

そう言うと、ペスカが胸へ飛びこんできた。

「無駄だよ、ジニア。うまくいくわけがない」

首に腕がまわり、ひしっとしがみつかれる。

「みんながジニアのことを噂してた。オメガのフェロモンが出てるって。……オメガ覚醒したなら、あの男のせいだろう？　出会わなければベータのままでいられたのに。ねぇ、なにをされたの。許せることなの？　ぼくは嫌だ。……あの男も金でジニアを買う気なんだ。……ぼくら、知ってるじゃないか。金を持ったヤツらの心根がどんなに汚いか……。ねぇ、ジニア」

汗ばんだ指先が肌を伝い、頬を包まれる。

「ぼくのために、ここにいて」

甘い声にねだられ、いつもの仕草で腰に手をまわした。けれど、うなずくことはできない。

「……だって守ってくれないと……ぼくは……」

「ペスカ。よく聞いてくれ。……俺は、もうオメガなんだ。まだ成熟途中らしいけど、オメガそのものだ。わかるだろう。以前みたいにはいかない」

首を左右に振ると、ペスカは眉を吊りあげ、足を踏み鳴らした。

「どうして！」

大きな瞳に強い感情が溢れる。

「ジニアはそれでいいの？　これまでベータとして生きてきたのに。こんなふうに道をねじ曲げられて！」

「……俺は、これも、自分の選んだ運命だと」

「そんなわけないっ！」

甲高い声で叫び、ペスカの手が宙に躍《おど》った。ジニアの頬を力弱くぴしゃりと叩いた。

「まだ一緒に踊っていようよ。兄弟のぼくをひとりにしないで……」

「ペスカ、わかって欲しい。流されるわけじゃない。だれかの犠牲になるわけでも、金のためでもない。わかって欲しい」

「嫌だ」

見あげてくるペスカの瞳が潤んだ。けれど、燃えさかる怒りは消えない。

「そんなの、ジニアじゃない。王宮へ入って、ペットみたいに飼われて、それが幸せ？　飽きて捨てられるまでは幸せだったって、そんな人生……。ジニア、ヒートが来たらぼくが抱いてあげるから、だから……」

「なにを言うんだか」

力なく答え、ペスカの両肩へ手を乗せた。

叫びながら振り払われ、涙をいっぱいに溜めた瞳に睨まれる。

「冗談にしないで！」

「本当に、一座を出ていくの」

「……そうなるだろうな」

「わかった。そうまで言うなら、わかったから」

涙をぽろぽろとこぼし、ペスカは浅く息を吸いこんだ。

「案内してあげる。……使いを頼まれてたんだ」

「ペスカ……」

ゆっくりと上下する平たい胸が愛おしく思えた。ジニアにとっては、この別れもせつない。

それでも、迷いにまよった気持ちはアッドのことだけを考える。

否定しても否定しても、想いの向かう先は彼だ。怯えたままでも踏み出せば、夢のような幸福にたどり着ける気がして、夢を見ることが止められない。

「こっち……」

ジニアの腕を掴んだペスカが大股に歩きだす。肩をいからせ、まっすぐ前を睨んだまま、何度も大きなため息をつく。

「マウロに売られたと思わないの？」

ペスカに言われ、ジニアは黙った。それもあるかもしれない。だが、当然のなりゆきだ。

ジニアを失えば、旅の一座は困窮する。今度はペスカが閨飾りとして稼ぐことになるだろうが、本人が受け入れるまでにはひと悶着あるはずだ。とにもかくにも金がいる。

「……これからは、ペスカ、おまえが……」

後ろ姿に声をかけると、華奢な背中が止まった。肩越しにジニアを見る。

借りた小屋は町から離れていて、そのあいだには青い森が繁り、街道が通っている。

異変を察知したジニアはとっさにペスカを引き寄せて背に守った。

大男が三人、立ち並んでいる。顔に傷のある者、身体に傷のある者、見るからに荒くれた雰囲気だ。

山賊かと身構えたジニアは、後ろから勢いよく突き飛ばされた。予想もしないことにバランスを崩した瞬間、大男のひとりに引き寄せられ、口を手で覆われた。

「んん……っ」

もがきながら、背中を突き飛ばしたペスカを見る。

「ぼくなんかより美人がいるって言っただろう」

髪を揺らし、口に布を押しこまれるジニアへ近づいてくる。受け入れがたい事実だが、これは裏切りだ。

「ぼくのそばにいないジニアなんか、どうにでもなっちゃえばいいんだ」

複雑な感情を滾らせた目が据わる。ジニアの乱れた髪へ指を絡めた。

頬を歪めて力いっぱいに引く。髪がぶちぶちとちぎれ、ジニアの声はくぐもった。

ざわざわと葉擦れの音が響き、影が草の上を走る。男たちの低い声が聞こえた。

「信じてよかったぜ。かなりの上玉だ」

「楽しめそうだな」

「ここにはもう近づかないで。約束どおり……」

指に巻きついたジニアの髪にくちびるを寄せ、ペスカは暗い微笑みを浮かべる。

男たちはにやりと笑って、ペスカを突き飛ばした。

「偉そうに言ってないで、さっさと帰れ。気が変われば、おまえも犯すぞ」

ガラガラにしゃがれた声で威嚇され、ペスカはパッと踵を返した。

消えていく背中を見つめることもできず、ジニアの身体は宙に浮かんだ。肩へ担がれ、薄暗い森のなかへ連れていかれる。

そこには荷車が隠され、野営の跡が残っていた。

「味見をしてから出よう。見た目は上玉でも男だ。暴れる体力は、奪っておくに越したことがねぇ」

草の上に投げおろされ、足を掴んで引きずられる。

両側から肩を押さえつけられ、膝の下敷きになる。折れそうに痛んでうめくと、あごを押さえつけられた。

「……上玉どころじゃねぇな……。おまえ、おとなしくしてろよ。具合がよけりゃあ、男だろうが一緒に旅をさせてやる」

そんなことはごめんだと叫びたかったが、ジニアは目を閉じた。身体の力を抜き、おずおずと膝を開いた。無駄な抵抗はケガをするだけだ。

「そうだ、そうだぜ……。いい子だ……」

口へ布が押しこまれたままでいるので、キスをされる心配はない。男が顔を伏せた首筋も噛み痕の残るほうではなかった。

ジニアはわずかにのけぞり、痛みをこらえながら視線を巡らせた。左右の腕に乗っている男たちの位置を確認し、懇願《こんがん》するそぶりで弱々しくまつげを震わせる。

ひとりがゴクリと喉を鳴らし、ジニアの腕から離れる。それに従い、もうひとりも退いた。

ジニアはゆっくりと腕を動かし、のしかかっている男の首に手を絡める。

「いやらしい顔をしてやがるぜ。まさか、オメガか？」

「こりゃ、儲けものだ」

「しばらく楽しめるな」

口ぐちに囃《はや》し立てた男たちが、ジニアの衣服を剥ごうと逸《はや》る。

「……っ」

脳裏にアッドの姿が浮かび、ジニアは口に詰まった布をきつく噛みしめた。行為が始まれば、どれほどこらえても彼を思い出してしまう。そうすれば、未熟な身体はフェロモンを制御できない。男たちは興奮して手がつけられなくなるはずだ。

だから、抵抗は計算ずくでなければいけなかった。

のけぞった体勢から男を引き寄せ、なまめかしく目を閉じる。

次の瞬間、鼻に目掛けて思いきり額をぶつけた。

ぎゃあっと悲鳴があがり、男を蹴飛ばして這い出したジニアは、口の布を投げ捨てながら、右腕側にいる男の腰にぶらさがったナイフを引き抜く。

殺す殺さないを考える暇はない。自分がなにひとつ奪われずに生きて帰る方法だけを優先する。男たちを斬りつけて怯ませたジニアは、ナイフを握ったまま一目散に走りだした。

そのときだ。

「ジニア……ッ」

ペスカの泣き声が聞こえて、足が止まる。ジニアと樹木三本分のあいだを置いて、ペスカの姿が見えた。男たちのいる場所へ駆けていく。

いまさら助けに来たのだと思うと、憤りよりも落胆が押し寄せてきた。非力なペスカが来たところで、事態は悪くなるだけだ。

しかし、ジニアは森の下草を蹴って身をひるがえした。ペスカの名前を叫び、逃げてきたばかりの場所へ戻る。

ふたりして男たちの餌食になる危険性は頭をよぎる隙もなかった。

ただ、兄弟同然に生きてきたペスカの純潔を守ってやることだけを考え、ナイフを片手に災厄のなかへふたたび飛びこむ。

裏切られても、傷つけられても、かわいいペスカを見捨てることはできない。そうやって生きることが、これまでのジニアを勇気づけ支えてきたのだ。

ペスカは特別だ。アッドを選ぶと決めたからこそ、こんなところで純潔を失って欲しくない。

ジニアに斬りつけられた男たちは怒り狂い、見境なくふたりに突進してくる。その身体が急に宙を飛び、視界のなかから消えた。

ハッと息を呑んだジニアの目の前に、黒々とした毛並みの馬が現れる。操っているのはアッドだ。護衛の男たちが駆け出てきて、剣先をひらめかせた。

ジニアはとっさにペスカを引き寄せ、自分の肩へ頭を押し当ててかばった。

断末魔の叫びが聞こえ、アッドが馬からおりてくる。

「行こう。死にはしない」

冷酷に聞こえる声で促され、ジニアは泣きじゃくるペスカの肩を抱く。背中を向ける瞬間に、筋骨隆々の腕が飛んでいくのを見ていた。しかし、彼らの末路は想像したくもない。

「ジニア、手を……」

森を抜ける途中でアッドに声をかけられた。ナイフを握った片手は固まり、アッドに指を一本一本ほどかれてようやく手放せる。

アッドが藪《やぶ》へナイフを投げ捨て、ジニアはペスカの身体を支え直した。三人で森を抜けると、黒毛の馬は手綱を引かれなくてもついてくる。

ジニアはたまらなくなり、つい笑ってしまった。

なにもかもがありきたりな芝居めいている。ペスカの裏切りも、自分の反撃も、アッドの登場も、あらかじめ用意されていたみたいだ。それを運命と呼ぶのなら、あまりに陳腐《ちんぷ》だ。

「なに！　どうして、笑うの！」

涙でぐしゃぐしゃになった顔のペスカが振り向く。飛びあがらんばかりの勢いだ。

「……いや、すごい勢いで髪を引きちぎられたから」

「形見にするの。悪い？」

胸を張って答えたペスカは、真っ赤に泣きはらした目でジニアを見た。自分の前から離れることを後悔させようとしたくせに、まったく悪びれないのがいいところだ。

彼には彼の信念がある。そうでなければ、浮き草の暮らしはできない。

「この人たちだけで助けに行くって言われたけど……。それも嫌だった」

しかし、ジニアの危機を伝えてくれたのだ。

きっと瞬間で後悔したのだろう。ペスカの気まぐれにはいつも困らされた。けれど憎めない、かわいい、かわいい弟分だ。

「ペスカ……。おまえにされたことは二度と忘れないから、泣くのはよせよ」

笑いをこらえてからかうと、ペスカが胸にしがみついてくる。

「……いっそ、忘れてよ！」

叫んだ声は涙に濡れて、よじれるように響き渡る。

ジニアは、背中へ手をまわし、強く抱きしめた。

ペスカは子どもの仕草であごをそらし、わんわん泣きだす。

「やっぱ……やだぁ……ッ。忘れたら、やだぁ……」

声は森にこだまして、ジニアはいっそう笑う。隣に立つアッドは驚いて、ふたりを見比べている。

「来てくれて、ありがとう」

視線が合い、ジニアから声をかけた。

「いや、きみひとりなら逃げられたのかな……。反撃をしてるとは思わなかった」

眩しそうに目を細めるアッドの言葉を聞き、急にペスカが泣きやんだ。身体を離し、片足で草を踏みにじりながら叫ぶ。

「するに決まってるでしょ！　バカ！　バカ！　バカ！　ジニアなんだから……、ジニアなんだからね……っ」

また泣きじゃくるのを見て、ジニアは頬をゆるめた。

「あぁ、あぁ……わかった、わかったよ、ペスカ」

背中を叩いてなだめ、小屋まで歩いて戻った。水を飲ませて木陰に座らせると、泣き疲れたペスカは眠りに落ちる。本当に、まだまだ子どもだ。

「昔から、あんなふうなんだ。大泣きしたあとは、すぐに眠ってしまう」

離れた場所で立っているアッドを手招きして、ふたりで小屋の前の日陰へ入る。ジニアは、木陰に残したペスカを見守り、肩をすくめた。

「ケガはしていないか？」

身体のあちらこちらを確認される。衣服についた草をそっと取り除かれた。

「うん……平気……。でも、あいつら、フェロモンで興奮した感じじゃなかった」

ジニアが言うと、アッドはほんの少しの憂いを見せて微笑んだ。

「きみは、きれいだからね。……彼らも少しは紳士的に振る舞ったんだろう。それが油断に繋がった。きみの策略勝ちかな？」

ジニアの頬をそっと撫で、アッドが見つめてくる。キスを求めてまつげを伏せると、息づかいがくちびるにかかった。そっと触れあう優しいキスだ。

「きみには、人を魅了してかしずかせるところがある。……わたしだって、きみには……」

「アッド……」

言葉を遮って、ジニアはちらりとペスカを見た。心がちくちくと痛む。

「きみは迷って当然だ」

　まっすぐな目をしたアッドが、背中をピンと伸ばして言った。

「わたしに出会わなければ、運命が変わることはなかったんだから……。責任はすべてわたしにある。好きなだけ責めていい。けれど、わたしの愛は褪せることがないんだ。信じてくれなくてもいい。……それを、そばで見ていてくれ。けして、きみを落胆させたりはしない」

「嘘を……嘘をついたら、ひどいよ。俺は、我慢ができないし、頭もよくないし、嫉妬《しっと》するし……」

「わたしは嘘もつかない」

　答えたアッドははにかみ、ジニアの両手を捧げ持つようにした。

「きみは自由そのもので、慎みがあって、わたしを愛している。いまのは、そういうことだろう。わたしほどきみの言葉を理解できる人間はいないんだよ」

「……都合が、よすぎる」

　顔を歪めてそっぽを向いたが、握られた手は指先まで熱くなる。

　アッドに口説かれるのは好きだ。キスされるのも好きで、抱きしめられるのも好きで、なにもかも、すべてをひとつ残らずに手に入れたい。

「ジニア。わたしの王宮へ行こう」

　心を見透かす緑の瞳は、ジニアだけを映してきらきらと眩しく輝いた。

アッドの瞳はいつも信頼が置ける。ジニアの内面を見つめ、押しつけることなく、そっと手を差し出してくれるのだ。

「目で見て、しばらく暮らして、決めるのはそれからでもいいじゃないか。きみの健康も心配だ」

オメガ覚醒したとなれば、やはりアルファと一緒にいることが一番の安全策になる。ペスカが悪巧みをしなくても、ヒートで弱った身体ではこころもとない。今日と同じ窮地を次もかわせるとは限らなかった。

それがジニアにもよくわかった。これ以上は強情を張れない。

「……座長に挨拶を」

「もちろんだ。彼にもしばらくの別れを」

アッドの視線がペスカへ向かう。しばらくと言ったのは、ジニアに逃げ道を残すためだ。

鷹揚として焦るところがなく、余裕に満ちている。それがアッドだ。ジニアは見惚れながら、身体を傾けた。肩を抱かれ、素直にもたれかかる。

「きみが好きだよ、ジニア」

耳元にささやきが溶けて、小鳥たちが木の枝を飛び立つ。空を流れる雲の影が、緑豊かな大地を横切り、ジニアは目の前の運命を選んでうなずく。

どこからともなくハニーサックルの甘い匂いが漂い、アッドを信じると心に誓った。

　別れのとき、ペスカはやはり泣きじゃくって止まらず、軽口を叩いて送り出すマウロを薄情者だと罵《ののし》ってぽかぽか殴った。

　日が暮れる前にアッドの馬へ同乗して出発すると、峠の途中には、隣の町から戻った仲間たちが待っていた。だれもが訳知り顔だ。踊りの師匠がよろけながら出てきて、野の草で作った花束を渡された。

　旅芸人の別れはペスカのように泣くものではない。

　縁があれば、またどこかで。そんなふうに気楽に手を振りあって、明日のことは明日の風に任せる。

　アッドに後ろから抱かれる形で馬に乗っていたジニアは、せいいっぱいの強がりを続け、彼らと別れてから少しだけ泣いた。

　アッドは見ていないふりをして、自分の袖で涙を拭かせてくれる。

　そして、馬を走らせた。

　オルキデーアの領土は隣町の向こうにあり、ジニアが思うよりも近い場所だった。おそらく、迎えが来ることを予測して、マウロはわざとあの場所を選んでいたのだ。

　休憩を二回挟んで、日がとっぷりと暮れてから首都トゥリパーノの中心部にある丘の上の王宮へ入った。

「慣れない馬で疲れただろう」

「平気だよ。休憩を挟んだから」

答えながらも、アッドの腕に抱かれて馬をおりる。しかし、足は地につかなかった。

「許嫁《いいなずけ》は抱いて入る慣習だ」

「え？　本当に？」

驚きの声をあげて、アッドの首に腕を巻きつける。

アッドの後ろに護衛の男たちが見えた。彼らはアッドに仕える親衛隊だ。休憩の時間にあれこれと説明を受けた。

そのみんなが笑いを噛み殺している。アッドの嘘に気づいたが、ジニアはみっともなく暴れたりはしなかった。横抱きにされたまま、親衛隊の男たちに目配せを送る。

浮かれているアッドの喜びに水を差すつもりはない。

「まず、旅の汚れを落としてから、部屋に案内しよう」

アッドが進むと、どこからともなく現れた侍女たちがドアを開ける。大股でどんどん進んでも、彼女たちの動きのほうが素早かった。髪を頭の高い部分で丸くまとめ、下側に大きなリボンを結んでいる。年齢はさまざまだが、みんなにこやかだ。

「……ひとりで入れるから」

地に足をつけたジニアは、大理石の美しい浴室であとずさった。服を脱がすために控えているふたりの侍女が小首を傾げる。合計で四人の侍女が部屋のなかにいた。

「アッド。自分のことは自分でする。そう言ってくれ」

助けを求めると、浴室に置かれた椅子へ腰かけたアッドが笑った。

「きみが自分で言うといい。これから、身のまわりのことは彼女たちがする」

「……そう。そっか」

ジニアはゴクリと喉を鳴らし、小さく息を吸いこんだ。

「手伝ってくれなくていい。まだ名前も聞いてないし……、それに、裸を見られるのは……アッドが嫌がる」

矛先をぐるっと変える。ジニアの思惑どおり、アッドが咳《せ》きこんだ。侍女たちは目を見開き、くすくすと笑いだした。

「失礼しました」

ひとりが明るい声で答えると、四人の侍女は揃ってぴょこんと頭をさげた。

「隣の部屋で控えていますから、御用がありましたら、なんなりと」

するするっと浴室を出ていき、扉が静かに閉じた。

ジニアはよくやく安心して上着を脱ぐ。広い個室の中央に浴槽が置かれ、湯気がゆらゆらと揺れている。そばには湯を入れた大きなたらいもあった。壁際の棚には身体を拭くための布が用意され、椅子の背にローブもかかっている。

　脱いだ上着を床のかごへ投げ入れ、ジニアはさっと全裸になった。

「たらいの湯で足を清めてから入るんだ」

　白い肢体からさりげなく視線を逸らしたアッドが椅子を運んでくる。浴槽のそばに置き、ジニアを座らせた。それから、空のたらいを置いて湯で満たし、ジニアの足を浸けさせる。

「あぁ、いいよ。自分でやるから」

　腕まくりするアッドに声をかけ、ジニアは身を屈めた。砂ぼこりに汚れた足の先をきれいにして、くるぶしまで湯をかける。

「これで、入ってもいい？」

「どうぞ」

　湯の温度を指先で確かめたアッドが手を貸してくれる。

「足元に気をつけて、ゆっくり……」

「うん」

　楕円形の浴槽は深く、台にのぼってからなかへ入る。しゃがむと、腰のあたりまで湯に浸かった。ふわりと温かく、心地がいい。

「こんな豪勢な風呂ははじめてだ。いつもは川だったり、井戸の水だったりするから」

　ウキウキした声で言うと、壁際の棚に向かっていたアッドが勢いよく振り返った。

「宿には風呂ぐらいあるだろう」

「宿ならね。でも、ないところも多いよ」

「そうか……」

アッドがヘアブラシを手に戻ってくる。

「アッド、いいよ。自分でやる」

「これは、わたしの仕事だ」

そう言って譲らず、ジニアの髪をひととおり梳き終わると、小さな手おけを持った。髪を濡らし、石けんをつける。

「洗ってくれるの？　王さま、じきじきに？」

もう遠慮をせず、ジニアは素直に膝を抱いた。頭を後ろへ傾け、髪を洗ってもらう。

「彼女たちに洗ってもらったら、もう二度とわたしに任せる気にならないだろう。だから、いまのうちに」

「……自分のことは自分でしたいな」

「それでは、彼女たちの仕事がなくなってしまう。本当に嫌なことは断ればいいけれど、きみにはきみの仕事がある」

「……夜伽《よとぎ》とか、夜伽とか、夜伽とか？」

ふざけて肩をすくめると、泡を流しながらアッドが笑った。

「朝と昼と夜か……。それは望むところだ。……でも、ひとまずは、礼儀作法と簡単な読み書きを……嫌か？」

顔を覗きこまれ、ジニアは腰をよじらせた。アッドを振り向く。

「まぁ、やってみるよ。礼儀作法は、踊りの応用みたいなもんだろ。読み書きは……少しならできるんだけど」

「もっと深く学べば、世界の踊りを知ることもできる。きみの仕事は、閨ごとじゃない。国民の文化的欲求を満たすことだ。わたしはきみに、それを頼みたい」

「……王妃って、そんなこともするの？」

「しない国も、させない国もあるだろうね。わたしは、ふたりで国をよくしていきたい。政治経済は任せてくれたらいいから、きみには得意分野を深めて欲しい」

「期待に応えられるかな……」

不安になり、ジニアは片膝を抱えた。

新しい湯で石けんが流され、指通りをよくするための液体に髪を浸す。アッドは手際よくおこない、最後は布で髪の水分を取った。

身体はジニアが自分で洗う。浴槽から出たあとは、ローブを着て、アッドの入浴を手伝った。手おけで湯をすくい、せっせと運んでいく。

アッドは自分で身体を洗ったが、手伝おうとするジニアを浴槽へ引き込もうとふざける。またたく間に時間が過ぎて、心配した侍女たちから声をかけられて風呂を終えた。

新しい衣服に着替えてから部屋を移動する。蝋燭《ろうそく》の灯《ひ》が揺れる廊下を通って案内されたのは、これからジニアの自室となる部屋だ。

闇飾りのオメガとして、貴族や豪商の屋敷をそれなりにたくさん見てきた。しかし、ジニアに与えられた部屋は、これまで見てきた、どの寝室よりも広く豪華で趣味がいい。

大きな窓に、たっぷりとしたカーテン、壁紙には美しい植物の文様が描かれ、置かれた家具は飴色に輝いている。

暖炉の前には、豪奢な長椅子が置かれ、ティーテーブルと椅子、そしてガラス戸の本棚もある。広いスペースにはラグが敷かれ、鏡が立てられていた。

「鏡を使って、踊りを確認するといい」

アッドに背後から抱き寄せられ、身を任せた。ジニアはため息をつく。

「……アッド。俺は、こういうのが、こわい……」

素直な気持ちを伝え、胸にまわった腕へしがみつく。けれど同時に、背中に感じる体温のためになら、この王宮で根を張っていくことができる気もした。

振り向き、アッドの精悍な頬を両手で包む。

真剣な瞳を向けられ、ジニアの背中がぞくりと震えた。アッドは穏やかに言う。

「こわがることはない。わたしが支えるから……」

アッドの気づかいに感謝しながら、ジニアはエメラルド色の瞳をじっと見つめた。

アッドにはアッドの、彼なりの怯えがあるはずだ。

ジニアを手に入れ、そばに留め置くことができるのか。きっと、心は揺れているに違いない。しかし、本心を隠して答えを急がず、じっくりと待ってくれているのだ。

「うん、やってみる」

ジニアがうなずくと、アッドの頬はやわらかくほころんだ。

「向こうのドアの先は着替えの部屋だ。こちらは、寝室。おいで」

手を引かれ、素直についていく。ドアを開けた先の部屋には、天蓋付きの大きな寝台が据えられていた。

ロッキングチェアが置かれ、小さなテーブルには、みずみずしい花々がこぼれんばかりに飾ってある。

「あちらのドアの向こうはわたしの自室だ。好きに出入りしてくれてかまわない。……きみは、その必要があるだろう」

そっと向けられた視線の意味を、ジニアははじめ理解できなかった。ぽかんと口を開き、首を傾げてから思いついた。

オメガのヒートだ。巣作りの習性で、アルファの匂いがついたものを集めてしまう。

ジニアは苦笑いを浮かべ、まだ湿っている髪の先をもてあそぶ。その腰に、アッドの腕がまわった。

「ジニア……。ここへ来てくれて、本当にありがとう。きみにとっては、勇気のいることだっただろう。……きみの兄弟分も、ずいぶんと泣かせてしまった。悪かったね」

「あぁ、ペスカ？」

ジニアは笑みを浮かべて答えた。自分が大切に想う相手を、ごく当然に気にかけてくれるアッドの優しさが沁みる。

「あの子なら、すぐにケロッとするよ。ほとぼりが冷めたら、ひょっこり顔を出すさ……。あ、会ってもいいよね」

「もちろんだ。きみの友人は歓迎するから気にしないでくれ」

「……ありがとう」

毛先を背中へぽいと投げ、アッドへ向き直った。同じように腰へ両手を伸ばす。見つめあって首を傾ける。すると、アッドの息づかいが近づいてきた。

ジニアは思わず両足でつま先立つ。

くちびるが触れて、淡い吐息が洩れていく。

「アッド、俺を見つけてくれて……、本当に、ありがとう」

淡い欲情を感じて、腰を押し当てる。そのまま抱きあげて欲しかったが、アッドはかすかに身を引いた。

「明日、両親に会ってもらいたい」

真剣な声で言われ、ジニアはぎくりとした。表情が強張り、視線が泳ぐ。

「今日来て、明日？　急だな……。認めてもらえなかったら、追い出されるとか……ある？」

「ない。ないよ」

アッドは笑ってジニアを抱きしめた。

「でも、少しでも早く紹介して、認めてもらいたいんだ」

「いまから挨拶の練習をする？」

「それもいいね」

アッドの手が、ジニアの頬を撫でる。その優しくなまめかしい指先で、肌はさざ波を立てて痺れていく。

「アッド。俺、したいんだけど……」

思わず言ってしまったが、微笑みでかわされる。

「今夜はやめておこう。明日はきみにとっても大事な日になる」

「少しだけは？」

「歯止めが利くほど聖人だと思わないでくれ」

アッドはわざと真剣な口調で言い、眉根に深いしわを刻む。

「……じゃあ、今夜は別々で寝るってこと？」

ジニアはがっかりしながらアッドの胸へ身を任せた。心落ちつく甘い柑橘の香りを吸い、夢を見る心地で目を閉じる。

「ジニア、寝台はひとつしかないんだ」

「まだ夫婦じゃないのに」

目を閉じたままでつれなく答えると、かすかな笑い声に耳元をくすぐられた。

「でも、もう恋人だ……。ジニア」

機嫌を取ることを楽しんでいるのがわかり、ジニアはぱっと顔を向ける。まじまじと目の前の男を確かめた。

出会ったときと同じで、どこもかしこも整っていて凛々しい。エメラルド色の瞳に見つめられると胸が高鳴り、夢を見ていたい気分にさせられる。

いまもまだ、ジニアには消せない怯えがある。母との別れが脳裏をよぎり、同じ不幸をたどるのではないかと、アッドと自分の情熱を信じきることができない。

それでも、好きだから、ここにいる。

臆病な恋心がじくりと痛んで、ジニアは戸惑いを隠した。

「きみがまだ、わたしの愛情を信じられないのなら、それは当然だ。人は、それほど簡単に他人を信じない。……ジニア、ひとつひとつ、乗り越えよう」

そう言って、アッドはキスを繰り返す。やはり気の長い恋人だ。

「でも、あんたは悲しいだろう」

ジニアが声をひそめると、くちびるを離したアッドは小首を傾げた。

「気づかってくれるだけで、じゅうぶんだ。それに、ここへ来てくれた。断られるんじゃないかと、気が気じゃなかったんだ」

「アッドを拒める人間はいないよ」

「そうだと嬉しい。きみも、そのなかに入っているだろう？」

「…いるけど。……ね、本当にしない？　キスだけなの？」

「それなら、酒を飲もう。さぁ、おいで」

またかわされたが、肉体ばかりを求めないのがアッドの性分だと思い、ジニアはあきらめる。

そのあと、髪が乾くまで酒を飲んだふたりは、夜が更けて寝台へ移動してもまだ話を続けた。

出会うまでの時間を埋めるように、楽しかったことも悲しかったことも打ち明けて、やがて手を握りあったまま眠りに落ちた。

【5】

鳥のさえずりに起こされて、ジニアは寒くもなく暑くもなく、夢うつつにまつげを震わせた。揺れる陽差しは手を伸ばしても届かないほどに遠く、いつになく穏やかな朝だ。爽やかに目覚めがいいのは、人肌がそばにあるせいだろうか。健やかな寝息のリズムが心地いい。

そう気づいた瞬間、驚いた。

他人と寝台へ入った覚えがなく、前日のことを思い出すにも時間がかかった。

陽差しが洩れているカーテンを眺め、ゆっくりと天蓋を見あげる。そして、確認するまでもなく、アッドがそこにいると悟った。

昨日、彼の誘いに乗ったのだ。一緒に馬で移動して、トゥリパーノ宮殿へ入った。

おそるおそる振り向くと、薄暗がりのなかでアッドは目を閉じていた。端正な顔だちは見惚れるほどに整い、何時間でも眺めていられそうだ。

男相手に、好みもなにもあったものではないが、彼の顔だけは絵画や彫刻のように特別に思える。ジニアはじっくりと見入り、アッドのまつげへ息を吹きかけた。

静かに眠っていた肩が震え、忍び笑いが聞こえてきた。そうではないかと踏んでいたジニアは、まぶたが開くのを待った。

「起きてたんだな」

緑色の穏やかな瞳に映る自分の姿を見て問いかける。アッドはどこかぼんやりとした感じで微笑んだ。

「さすがに眠れないよ。目を覚ますのがこわくなる」

「……どこにも行かない」

もう二度も彼を置き去りにしたのだ。相手の真剣な気持ちを思えば、やりきれない。時間を巻き戻しても、ほかに方法がないことがなによりせつなかった。

「そうであって欲しい」

アッドは爽やかに微笑んだ。過去を責める男でない。指先がジニアの手の甲に触れて、肌を伝う。指と指が絡んでいく。

どうしようもなくゆるんでしまう頬をそのままに、ジニアはアッドを見つめた。

「もしかして、本当に、ずっと起きてた？」

「ときどき意識がなかった」

笑って答えるアッドの瞳がいたずらっぽく輝いた。ジニアはまた問う。

「俺のこと、信用していないの？」

思わず言ってしまい、ジニアはくちびるを歪めた。言葉は自分へ返ってきて、胸いっぱいの苦々しさが溢れる。

町の医者にオメガと診断されて三日しか経っていない。

アッドのつがいになった喜びよりも、身体の変化に対する恐怖が勝る。

そして、浮き草暮らしの踊り子が、王宮で暮らしていけるだろうかと、夜が明けて新たな不安が顔を出す。アッドしか頼れないと実感するほどに、彼を信じると決めた自分のことが危うく思えてくる。

優しかった母が変わっていく姿を目の当たりにして、生き別れるつらさも経験した。ジニアの胸には目に見えない傷がつき、いまでもじくじくと膿《う》んで痛む。

目を伏せたアッドは、ジニアの問いに答えなかった。

彼はいつでも大人の対応だ。傷を知っていながら見て見ぬふりをして、顔を背けても絡めた指だけは離さない。

「どうして、そんなに優しいんだよ……。俺は逃げてばかりで。……自分のことしか考えていない人間なのに……釣り合いが……」

視線が落ち着きなく泳いでしまい、ジニアは子どもっぽくくちびるを尖らせた。

その先端に指先で触れて、アッドはほんの一瞬だけ無邪気な表情になる。

「その人間らしさを愛しているんだ」

朗らかな声で言い、この世のなかで見るべきものはジニアしかないと熱心な視線で見つめてくる。しかし、思い詰めているのではなかった。

「海辺で飲んだくれた夜から、きみだけが必要だった。自分でも知らなかった本当の自分を、きみは引き出してくれる。きみといると心が楽だ」

「……本当に、オメガだとわかってた？」

ジニアがさらに尋ねると、アッドはこらえきれないように顔を近づけてくる。鼻先にそっとくちびるが押し当たり、やわらかな息づかいが肌を撫でた。

「予感にすぎなかったかもしれない。……およそ願望だな。覚醒していなくても、あの夜でも恋に落ちていた。きみには気持ちを隠していたんだ。きみがベータなら、男同士の恋愛に持ちこむことのほうが難しい。だから、時間をかけるべきだと思っていたんだ」

「あっという間だった」

肩をすくめてからかうと、アッドは鷹揚な仕草でうなずく。

「これでよかったと言わせてみせるから、俺を信じて欲しい。もう、どこにも逃げないで」

「……努力、する」

くちびるを押し当てられ、ジニアはぎゅっと目を閉じた。足先から熱が生まれて、全身を駆けめぐっていく。甘だるい官能が満ちた腰を抱き寄せられると、熱い吐息が洩れた。

「きみの息づかい……、起き抜けに聞くのも悪くない」

「……あ、だめ……だ……」

身をよじらせたジニアは喘いだ。くちびるがじれて、肌の感触を欲しがる。そして触れあえば、肉体の奥に小さな火がつく。

「ん……っ」

キスだけで達してしまいそうになり、寝台にかけられた布地を蹴って背をそらす。

ふたりの体温があがり、甘酸っぱい香りが漂った。アッドはまばたきを繰り返し、浅い息を繰り返す。欲情をこらえているのがわかったが、ジニアから煽ることはしなかった。

今日はアッドの両親と会う予定が入っているはずだ。それを昨夜のうちに聞いていたので、なまめかしい行為は慎んで身体を離す。

抜群のタイミングでドアが叩かれ、侍女がひとり入ってきた。手際よくカーテンを開けて、ふたりのほうには視線を向けずに出ていく。

身を起こしたジニアは窓の外へ目をやった。

昨日は暗すぎて見えなかった景色だ。

オルキデーアの首都トゥリパーノにある宮殿の庭は、見事に丹精されていた。緑と花に溢れ、四方八方に煉瓦《れんが》敷きの道が延びている。その向こうには緑深い山がそびえ、薄雲が風に流れていく。

ジニアはごくりと息を呑みこんだ。

未来に怯える気持ちをこらえ、自分の身体に腕をまわす。こわいと感じるたび、隣にいるアッドを想って、恋心を奮《ふる》い立たせる。

「ジニア。寒いのか?」

すぐにアッドの腕が伸びて、胸へ抱き寄せられる。答えずにいても、問い直されることはなかった。ふたりはしばらく寄り添い、寝台の上から見える景色を眺めた。


ふたりで朝食をとり、それぞれの部屋で身支度をととのえた。

ジニア専属の侍女はふたりいて、どちらもベテランだ。朗らかだが無駄口は利かず、すべてにおいてテキパキと働いた。

ワードローブの説明をひととおりして、好みの服を選ばせてくれる。もっと別のデザインがよければ、後日作りましょうと言われたが、好きも嫌いもないぐらいに高価そうな布地と仕立てのいい服ばかりだ。

アッドの両親に会うとなると選びきれず、ジニアは早々から助言を求めた。

それがよほど嬉しかったらしく、ふたりの侍女は急に少女めいた顔つきになって微笑んだ。

しかし、あれこれと着せ替えられたりはしない。三人で意見を出しあい、時間の無駄なく選んだ。

服を着替えたら、次は髪の支度だ。

丁寧にブラッシングされたブロンドの髪はつやめき、彼女たちの手技で、小洒落《こじゃれ》た編みおろしのスタイルが完成する。

　先に準備を終えたアッドがいつのまにか壁にもたれていて、ジニアは気恥ずかしさを覚えながら立ちあがった。彼の微笑みが甘くとろけるように見えて、完成度を聞く必要もない。

　小技の効いたシャツに丈の短いジャケットを羽織り、ズボンの腰まわりには色鮮やかな布地を巻いた。

「馬車で三時間ほどかかる。途中、湖のそばで休憩を取る予定だ」

　ジニアを眺めていたアッドが、両手を伸ばしてくる。反応に困ったジニアはおずおずと両手を返した。抱きしめる気でいたらしいアッドはがっかりした表情になったが、そのまま部屋の外へと促された。

　廊下を歩いていると、前方で頭をさげて待つ集団が見えた。アッドから待っていてと頼まれ、その場にとどまる。

　王としての仕事は、昨晩の話題にもなった。週に数回の会議に領土の視察、それからときどき他国の宴席へ出て、年に二回はオルキデーアでも宴《うたげ》を開き、国同士の友好関係を確認するのだと聞いていた。

　アッドは腰の裏に片手をまわし、男たちの話にいくらかうなずく。

　その横顔は真剣さも相まって怜悧《れいり》な印象を強めた。つくづくとジニアを惚れさせる。ふざけて楽しげなアッドも好きだが、こうして威厳に満ちた態度を見せられるのも胸に響く。

「あぁ、そうだ。紹介しておこう。彼がジニアだ」

手招きされたが、ジニアは首を振って辞退した。離れた場所から会釈だけを返す。男たちはぱっと顔を明るくして、つぎつぎに頭をさげてくる。どうやら、自分たちのアルファ王が選んだオメガの話は知れ渡っているらしい。

だれもが温かくジニアを迎え入れ、そして、反発もなく、アッドとの仲を喜んでいる。アッドが手まわしをしてくれたのだと思えば、胸の奥がじんと熱くなった。

「みんな、俺が踊り子だってこと、知ってるの？」

ふたりきりになってから尋ねると、アッドはくちびるの前に指先を立てる。

「昨日の夜も話したけれど、きみはある家で育てられた秘蔵のオメガだ。花祭りの夜にわたしが見初めて縁談を持ちこんだ」

「そうだった？」

「きみは眠たそうだったからな」

腰の裏に片腕をまわしてゆっくりと歩くアッドが、ジニア側にある腕を少し曲げた。目配せされて、そういうものかと手を添える。

アッドに触れていると心が和み、胸の奥から温かいものが溢れてくるようだ。戸惑いが薄れ、彼に対する信頼も増す。

「そういう筋書きになっているから、ひとつずつ手はずを踏んでいこう。踊り子だと公言してもかまわないが、どうせ噂は勝手に出まわる。なりゆき任せにするのが、話題性もあっていいだろう。これは、他国に対してだ。……国民は気にもかけないよ。このわたしが幸せなら」

「よほど愛されてるんだな」

ジニアはちくりと刺してやるつもりで言ったが、冗談でないことはすぐにわかった。行く先々で、王家の馬車に向かって手を振る民衆の姿を見たからだ。親愛の情が溢れんばかりの笑顔を見るにつけ、ジニアは不思議な心地でアッドを振り向く。

「本当に、王さまなんだ……」

「先祖代々の土地を守っているだけだ。とても大切な仕事だと思っている」

「うん、わかるよ」

深くうなずいて微笑むと、

「こっちへ座らないか」

隣の空いた部分をぽんぽん叩いて誘われた。ジニアは黙って首を振る。

残念そうに肩をすくめたアッドは、それでも穏やかに微笑んだ。

馬車は街を出て街道へ入り、やがて湖で休憩を取る。それからふたたび出発して、田園風景に沿って進んだ。

アッドの両親は、ピセッロ・オドローソという町に建てた離宮で暮らしている。前王妃のオルテンシアが病気がちとなり、療養のために選ばれた土地だ。

アッドの父であるジルベルト・ルイジ・トレンティン前王は、愛妻と離れることができず、すぐに王位を譲り、離宮へ移った。

いくつかの丘を越え、窓辺にもたれたジニアは吹きこむ風を頬に受ける。歌が自然とくちびるからこぼれ出た。やわらかなメロディを紡ぎながら、これまでの暮らしを脳裏に思い浮かべる。まだひとつも過去になっていなかった。

数日経てば、いつもの幌付き荷馬車に揺られている気がしたし、女たちのにぎやかな話し声や寡黙《かもく》な男がつま弾く弦の音が恋しくなる。

足先がリズムを刻み、指が鈴の音を欲しがった。ため息がこぼれて目を伏せる。

後悔はきっとする。あの夜、首を噛んで欲しいとねだった自分の浅はかさを、もっと深刻に嘆く日も来るに違いない。

「ジニア」

アッドの手が伸びて、片手を掴まれた。

「今日は、きみを驚かせることがある。きっと驚くから、心しておいてくれ」

「……どんなこと？」

「ここまで秘密にしたんだ。あと少しだけ待って」

顔を覗きこんできたアッドは、ジニアの不安をぜんぶ知っている目をして微笑んだ。おおらかな自信と余裕のある、いつもの表情だ。

ジニアは悲しい想像をやめて、ふわりと温かい気持ちでうなずいた。アッドの用意するサプライズなら不快なものではないだろう。これも、ひとつの信頼だ。

そうして、馬車はピセッロ・オドローソの町へ入った。

小さな集落を抜けていくと、草原のあいだに背の高い並木が見えた。青葉の色が眩しいほどで、道には木の影が伸びている。馬車で進むと、光と影が素早く交互に入れ替わる。ジニアは目まぐるしさに息を詰めた。

それを見て、アッドが小さな笑い声をこぼす。からかうふうでもなく、こめられた愛情だけを受け取ったジニアは、白くなめらかな肌をほんのりと赤く染める。

並木道が途切れた先に門代わりの石柱が立ち、蔓草《つるくさ》を這わせた石壁がそこで切れていた。

馬車が停まり、先におりたアッドが手を貸してくれる。座りっぱなしで身体の固まってしまったジニアはゆっくりと注意深く地に足をつけた。足踏みを何度か繰り返し、それから手を引かれて離宮へ向かう。

しかし、目の前にあるのは、離宮と呼ぶには小さすぎるほどの建物だ。貴族の別宅よりもまだ小さい。けれど、石を積んだ壁に赤い屋根が葺《ふ》かれ、まるで絵本に出てくる家のように愛らしい。手前にある香草庭園の野趣も雰囲気を添えていた。

「父だ」

アッドが小さな声でつぶやき、片手を大きく振った。

邸宅の一階に造られたテラスに現れた男は、想像よりもぐっと若い。しかし、丹精されたあごヒゲには白いものがまじっている。

「やぁ、アッド。よく来たね」

声はアッドよりも数段低いが、音質は似ていて耳に心地いい。

「ということは、この方が……?」

丁寧な物言いをされて、ジニアはにわかに緊張した。もっと若輩者の扱いを受けると思っていたからだ。

「そう。彼がジニアです」

うなずいたアッドは胸を張り、紹介されたジニアが恥ずかしさで身悶えてしまいそうなほど嬉しそうな声を出す。

ジニアはあわてて口を開いた。

「……お初に、お目にかかります。どうぞ、よろしくお願いします」

昨日、ふたりで練習した挨拶の言葉を口にしたが、腰を落として頭をさげるまで、アッドと手を繋いだままでいることを忘れていた。ハッとして手を振り払う。

アッドの父親は、朗らかに笑いだした。

「話に聞く以上の美人だ。それに、聡明だね。私も前職が前職だからね、人を見る目はある。

いまは、ハーブを見るほうが得意だが……。ジルベルトだ。よろしく」

手を差し出され、ジニアはポカンと口を開いた。にわかに緊張してしまい、次の行動に移れない。

すると、アッドに手首を握られ、握手をするように促された。ジルベルトからぎゅっと手を握られ、緊張がほどけて冷静さが戻ってくる。

アッドはすぐに父親の手を振り払い、なに食わぬ顔でジニアの肩を抱いた。親にも長く触れさせたくないのだ。

「母さんなら、その角の先にいる」

ジルベルトは我が子を愛おしそうに見つめて微笑み、長い指を立てて庭園の小道を指差した。

「今日は調子がいいんですか」

ジニアを促して歩きだしたアッドが尋ねると、先導するジルベルトがうなずいた。

「おまえたちが来ることは、ついさっき話したところだ。あまり早いと、熱を出すからな」

「そうですね」

穏やかに交わされる親子の会話を聞きながら、ジニアは足元に揺れるさまざまなハーブを眺めた。風が吹くたびにいい匂いがして、心がぐっと落ち着いてくる。

ふと油断して、思わず唄を口ずさんでしまう。そういうことが我慢できない性分だ。

嬉しいときには笑い、楽しければ踊り、そして歌ってきた。

「きれいな声だ。そっくりじゃないか」

前を向いたままのジルベルトが言い、小道が分かれたところで足を止めた。アッドとジニアに道が譲られる。

ついつい歌ってしまったことに恥じ入ったジニアは、はにかみを向けて会釈をした。アッドに手を引かれ、先を急がされる。

「……そんなに、急がなくても」

不思議と焦っているアッドの態度を不思議に思ったが、答えが返るよりも早く、その先へ踏み出せなくなった。

歌が聞こえてきたからだ。

自分が歌っているのかと思うほど、よく似た声が、大きな木のそばに立てられた東屋《あずまや》から流れてくる。身体が震え、毛穴という毛穴がすべて開き、肌がわなないた。

とっさにアッドが支えてくれなかったら、崩れ落ちていたかもしれない。

風が吹いて、ハーブと柑橘と満開の薔薇《ばら》が香った。

東屋には女がふたりいて、ひとりはくつろぎ、もうひとりが階段の手すりにもたれていた。くつろいでいた女が優雅に立ちあがる。着ているものからして、アッドの母だ。階段の手すりにもたれているのは、その侍女に見えた。しかし、金色の髪をした女はまだ歌を止めていない。アッドの母の視線がジニアへ向き、小さなうなずきと共に手招きされた。

侍女だと思った女は目が悪いらしく、アッドの母に肩を抱かれ、なにごとかをささやかれる。その女が振り向き、まっすぐ前を見たとき、ジニアはたまらずにアッドへ手を伸ばした。

「うそだ……っ！」

涙声で叫んで胸に飛びこみ、たくましい肩へと顔を押しつける。

「……ジニア」

女の声に名前を呼ばれる。澄んだ声色は、ジニアの耳にまで届いた。

何度も繰り返し、手巻きのオルゴールを鳴らすように思い出した、忘れがたい声だ。愛しい母の声だ。

「母さん……っ」

アッドに背中を押され、ジニアは駆けだした。

足がもつれて転倒しそうになる。地面を手で押して、推進力を得た。ぐんと進み、手探りで自分を探す母親の手を掴む。

「ジニア、ジニアね……」

両手がペタペタと顔に触れて、肌と肌がくっつきそうなほど近くで確かめられる。

「この目、この鼻、このほっぺ。わたしの、ジニア……わたしのジニアだわ」

震える指が、顔のパーツをひとつずつなぞっていく。

「あぁ……泣かないで」

涙で濡れたジニアの頬を手のひらでぬぐい、母のマニリーも泣いている。ジニアはもう声も出せず、驚くほど小さくなった母の身体を抱きしめた。そして、自分が成長したのだと気がつく。

ふたりは抱きあったまま、ひとしきり涙を流した。生き別れていたあいだ、自分の哀しみのためだけに流した涙が、いまは生きてまみえた互いを想って流れていく。

風に揺れた草花が香り、だれもふたりを止めなかった。

「アドリアーノさまが、結婚相手を見つけてきたという話は聞いていたの」

落ち着きを取り戻したふたりは、東屋でくつろぐように勧められた。アッドの母オルテンシアが置いていったハーブティーを飲んで向かいあう。

テーブルの上に置かれたマニリーの手は、ジニアの指を包んでひとときも離さずにいる。指は細く痩《や》せていたが、肌つやのよさに満ち足りた生活が感じ取れた。

「それが、あなただったのね」

「……本当に、驚いた」

「わたしもよ。でも……オルテンシアさまに助けていただいたときから、あなたは必ず幸せでいると慰められてきたの。必死で信じたけれど……大変だったでしょう。ごめんなさいね……、

わたしがもっとしっかりしていれば」

「だいじょうぶ、だいじょうぶだよ」

ジニアははっきりと繰り返した。

「母さんが死んだと思ってたから、二度と会えないのが悲しかった。でも、俺は、俺なりに生きてきたし……。楽しかったよ」

これまでの経緯を簡単に話して聞かせ、母の身に起こったことも尋ねた。

しかし、生き別れとなったあとしばらくの記憶は欠如していた。思い出したくない不遇の日々であったことは間違いない。

「気がつくとね、教会のそばにある養護院にいたの。栄養失調のひどい状態だったそうよ。毎日、あなたのことを想っていたわ。風に乗って届くことを願って歌っていたら、たまたまオルテンシアさまが通りかかって……、心の慰みに歌って欲しいと頼まれて、ここへ……。いまは話し相手をする日々よ」

「できすぎた偶然だ」

ジニアが苦笑して言うと、マニリーは身を乗り出した。髪をそっと撫でられる。

「あなたはたくさん苦労をしたから、そう思うのも無理はないわ。でも、運命よ。ひとつひとつの小さな奇跡が集まって、運命は形作られていくの」

諭す母の口調に、ジニアは幼げな仕草で小首を傾げた。

「……王宮なんかに入って、俺はやっていけるだろうか。浮き草の踊り子だし、閨飾りのオメガもやった。いろんなものを、見なくてもいいものを、見てきた……。アッドにふさわしいオメガになれるとは思えない」

「ジニア……」

マニリーが声を震わせて立ちあがった。つまずかないように支えると、ジニアの横に立つ。こめかみを抱き寄せられ、やわらかな息づかいが髪に触れた。

「わたしの心が弱かったばっかりに、あなたには大変な道を歩かせてしまったわ」

「……恨《うら》んでないよ。ちっとも、恨んでない」

母親の手に指をすがらせ、ジニアは繰り返す。生きていてくれと願い、巡り逢いたいと夢に見て、成長するにつれてあきらめを覚えた。

けれど、恨んだことは一度もない。母と暮らしていたころの温かい記憶があるから、こうして生き続けてこられた。

「……あなた、オメガだったのね」

ふと気がついた声色で問われ、ジニアは顔をあげた。

「うん、そうらしいよ」

「知らなかったわ。いいえ、知らずにいられてよかった。もしも、生まれたときからオメガだと知っていたら、あなたと暮らすことはできなかったかもしれない。……ジニア」

マニリーの手で両頬が包まれ、優しく語りかけられる。

「わたしは、あなたの父親を愛したの。……相手も、わたしのことを愛してくれた。それはね、嘘じゃないのよ。確かに一瞬のことだったけれど、それがなかったら、あなたを産み育てることはできなかった」

「人の心は、変わってしまう」

ジニアはじっと母を見つめた。心の奥にある苦しさが、言葉になって転がり出てくる。母の残した小さな呪いだ。

「アッドを信じたい。でも、信じるのがこわい。もう、俺は俺じゃなくなってるのに、もっと、違うなにかにされてしまうみたいで……」

「オメガになったことがつらいの？」

焦点のあいまいな瞳をまっすぐに向けられ、ジニアは首を大きく左右に振った。

「……アッドの子どもなら、産んでみたいと思ってる。とんでもない大仕事だってわかってるけど、してやれることはなんだってしたい。でも……」

「わたしの不幸が、あなたの足をすくませるのね」

悲しそうな表情を見せられ、ジニアは違うと叫びたくなった。けれど、それが真実だ。

母の二の舞にはなりたくないと思ってきた。

信じて、愛して、捨てられてしまう。

不幸になるのはかまわないが、アッドの熱いまなざしが他人に向けられることには我慢ができない。それは最大の苦しみだ。心は粉々に砕けてしまう。

「ジニア……。よく聞いてちょうだい」

風が吹き抜け、東屋の上から葉擦れの音が降りそそぐ。

ジニアはじっと言葉を待った。それが、自分の内に根ざした、悪い思考パターンを崩してくれると思ったからだ。

「わたしの人生は、わたしだけのものなの。そしてね、あなたの人生は、あなたのものなの。親でも子でも、相手の人生には手出しができない。だから、信じるままに進むのよ。愛して裏切られて、それがなんだっていうの。相手がだれを愛していても、あなたの愛がどこへ向かうかだけが大事なのよ。愛さない人生よりはよっぽどいい。あなたに愛される人は、幸せな人よ。それは保証するわ。……なにひとつ迷わず、後悔さえも求めて走っていって。……わたしのジニア、かわいいジニア」

そっと抱き寄せられ、額にくちびるが押し当たる。

小さな子どものころと同じにされて、ジニアはまた泣きたくなってくる。心の澱《おり》が溶けて、目頭が熱い。しかし、くちびるを引き結んで涙をこらえた。

母の吐息が髪に吹きかかる。

「あぁ、よかった。……これをあなたに言うためだけに生きてきたのよ」

そう言って、マニリーは両肩を引きあげた。

「これからは、あなたの人生をそばに置いて、残りの人生を生きるわ」

清々しい声がジニアの胸に沁みて、小さな勇気になる。

そこへ、人の気配が近づいた。

「お話は終わったかしら。焼き菓子を持ってきたのよ」

穏やかな声は澄み、美しい鳥が鳴くように聞こえる。前王妃のオルテンシアは、アッドと同じエメラルド色に輝く瞳でジニアとマニリーを見比べた。

「オルテンシアさま。どうぞ、お座りください」

ジニアのそばから離れたマニリーは、指先でテーブルをたどって椅子まで戻る。

「ありがとう。椅子はもうひとつあるわ。あなたもどうぞ」

弾む口調で優しく言って、オルテンシアはマニリーを椅子に座らせた。

それから、ジニアへ向き直る。

「アドリアーノの母です。オルテンシアよ。あなたのことは、よく知ってるの」

胡桃色《くるみいろ》の髪を片方の肩へ編みおろし、優雅に微笑む。透き通るような白い肌と潤んだ瞳。痩せた身体は病弱さを示していたが、瞳に浮かぶ表情は少女めいた無邪気さだ、しかし、子どもっぽさは感じられない。

オルテンシアは微笑みを浮かべたまま、隣に座るマニリーの手を握った。

「ねぇ、マニリー。だから言ったでしょう。あなたは私の親友になる人だって。あなたの息子に嫁いでもらうのだから、今日からは絶対に侍女だなんて言わせませんからね」

「まぁ、オルテンシアさま……」

戸惑うマニリーをよそに、オルテンシアは楽しげに笑ってあごを引いた。

「あなたが遠慮すると、ジニアが恥をかくのよ」

そうはっきりと言って、ふたたびジニアを見た。

「……ジニア。これまでのことは誇ってちょうだい。どんな暮らしをしてきても、あなたは私の息子が選んだ人なの。オメガでなくてもかまわないのよ。……あなたがいなければ、あの子は幸せになれないんだから。……ね、どうぞよろしく」

マニリーの手を掴んだまま、ジニアへも手を差し伸ばす。あわてて指を返すと、きゅっと握られた。

「さぁ、焼き菓子を食べて」

勧められるままに焼き菓子を食べ、ハーブティーを飲む。

オルテンシアとマニリーは楽しげな会話を交わし、ジニアは旅の一座のことを遠く思い出した。ここに至るまで一緒にいてくれた人々の優しさが身に沁みて、すべてが過去へと変わっていくのを感じる。

そこへアッドとジルベルトが現れた。

「そろそろジニアと散歩に出ても？」

アッドが腰の裏に片手をまわして願い出る。ジニアはジルベルトへ席を譲り、アッドが差し出す手に応えた。

階段をおりたところで、アッドが東屋を振り向いた。

「母さん、マニリー。薔薇を一本、いただいてもかまいませんか。ジニアに贈りたい」

「ええ、どうぞ。ねぇ、マニリー」

オルテンシアに問われ、マニリーは大きくうなずく。

「もちろんです。でも、トゲには気をつけて。ナイフはお持ちですか」

「持っています。ありがとう。……こっちだよ、ジニア」

手を引かれてよろけながら、ジニアは肩越しに三人へ会釈を送る。ひらひらと手を振って見送られた。

「やっぱり奇跡だ。夢だったら、どうしようか」

小道をたどり、草花が揺れる庭園を抜けていく。夢見心地に繰り返すジニアを、アッドが微笑んで振り向いた。

「この夢には終わりがない」

はっきりと言って、ジニアの腰へ腕をまわす。

「楽観的だな」

ため息を返すと、アッドは自信ありげに眉を跳ねあげた。

「きみは意外に悲観的だ。でも、さかさまになることもある。きみの陽気さが好きだよ」

こめかみにさらりとキスをして離れ、花盛りの茂みへ近づいていく。取り出したナイフで一本の薔薇を摘み、トゲをきれいにこそぎ取る。そしてナイフを片付けた。

「わたしときみは運命のつがいに違いない。だから、出会いさえすれば、すべてがうまくいく。……それだけが、ずっとわたしの心の支えだった。わたしはアルファで、きみはオメガだ。でも、そんなことは二の次だ。大事なことは、きみが生きていて、わたしも生きているということだよ。その程度のことなんだ」

熱っぽく語りかけてきたアッドが肩の力を抜いた。ふいに遠くを見つめる表情になる。

「……きみをはじめて見たのは、丘の上だった。踊っていたんだ。ひと目で心惹かれた。でも、恋だと知ったのは、ふたりで泥酔した翌日だよ。きみの顔が見たくて、声を聞けないことがつらくて、このまま二度と会えなかったら困ると、それればかり考えていた」

「……だから、見張りをつけたのか」

「悪い虫でもついたら大変だろう。まぁ、きみは腕っぷしも強いけれどね」

「できる限り、しとやかな振る舞いを心がけます」

両手を胸に当て、女性の仕草で膝を沈ませる。

「いや、きみはきみのままでいいよ。男性オメガを娶ることはみんなが知ることだ。女のそぶりをすることはない」

そう言ったアッドは、愛らしいピンクの薔薇を手に、その場へ沈んだ。ジニアに向かって片膝をつく。

「きみを見るたびに、あの丘ではじめて目にしたときの気持ちになる。自分の胸に穴が空いていて、ひとりは孤独だと気がついた。……ジニア、きみの明るい未来のそばに、わたしの居場所を与えて欲しい。……どうぞ、結婚してください」

薔薇を差し出され、ジニアはよろめいた。まばたきを繰り返し、ふるいつきたくなるほど凜々しいアッドに痺れてしまう。

「……ん」

ジニアはこくんとうなずく。

「信じる。……アッドの言葉を、信じる」

「薔薇を受け取ってくれ」

爽やかに言われて、ジニアはゆっくりと手を伸ばした。甘く幸せな結婚生活を想像させる薔薇を受け取り、そのまま身を屈めてアッドの額へくちづける。

そして言った。

「母さんに気づいてくれて、引き合わせてくれてありがとう」

「すごい偶然だっただろう。わたしもずいぶん驚いた」

「結婚を決める前に会えてよかった。相談したかったんだ」

涙がぽろぽろとこぼれて、ジニアは身体を起こした。アッドが追って立ちあがる。

腕を引かれて抱き寄せられた。

「きみの人生の責任を取るから」

「……いいんだ」

ジニアははっきりと言った。

「俺の人生は俺のものだから、ちゃんと幸せになるよ。それを、分けてあげる」

泣き笑いでアッドの胸に身を任せ、背中へと腕をまわす。

「どうして、俺の母親だってわかったの」

ジニアが尋ねると、背中を優しくあやしてくれるアッドが答えた。

「きみが寝台で歌ったとき、節まわしが同じだった。どこかで聞いたと思ったんだ。……ジニア、これが夢なら、いつまでも醒めない夢のなかにいよう」

「夢じゃないけどね」

言をひるがえし、ジニアは可憐な薔薇へ形のいい鼻先を近づけた。心地のいい香りがして、胸の奥が満たされていく。

「行儀作法も、読み書きも、やれるだけやる。……子どものためにも、いい親にならないと」

「産んでくれるのか」

アッドの表情がパッと輝き、ジニアを虜にしてやまないエメラルドの瞳がきらめく。

「あの三人を喜ばせたい」

薔薇を片手に、アッドの首筋を引き寄せる。もう迷いはなかった。自分の心のあるがままに、愛した男と歩んでいく。

「賛成だ」

くちびるが重なって、ジニアは近づく瞳の眩しさに目を閉じた。さわさわと草花が揺れて、鳴き交わす鳥の声が木々のざわめきの合間に響く。

ふたりはしばらく離れず、互いの瞳を覗きこんではくちづけを繰り返した。

＊＊＊

ピッセロ・オドローソにひと晩だけ泊まり、ジニアは母のマニリーと同じ部屋で眠った。ふたつの寝台はぴったりと寄せて置かれ、手を伸ばせば母の手に触れることができる距離だ。

ジニアはこれまでの苦労を、改めて大変な経験だったと受け入れる。

平気だと強がってきた日々の苦しみが溶けて、涙が枕を濡らした。そして、離れてしまった旅の一座のことを考える。

きっといつか、オルキデーアへ寄ってくれるはずだ。マウロは相場よりも高い金を要求するだろうし、ペスカは相変わらずの愛らしさでジニアの不在を嘆いてくれるだろう。

もしかしたら、相棒を失ったペスカも恋をするかもしれない。まるで壮大な冒険譚《ぼうけんたん》のように話して聞かせる姿が浮かんでくる。ジニアの頬はおのずとゆるんだ。

家族同然だった仲間たちの幸福を願い、自分を見つけ出してくれたアッドを必ず幸せにすると心に誓う。明るい明日を信じることが彼とならできる。

もう、ジニアの胸に母の呪いは存在しない。

そうして朝がやってきて、にぎやかな朝食をみんなでとった。アッドとあたりを散歩したあと、名残惜しく馬車で帰路につく。

睡眠不足のジニアはいつしか眠ってしまい、休憩を挟んでからもアッドの肩へもたれた。ぴったりと寄り添い、指先を撫でられて車輪の音を聞く。しかし、馬車に揺られながらの睡眠では寝足りず、宮殿の自室に戻ってもジニアは窓辺の長椅子で横になった。

母との再会で募った興奮が冷めず、身体は重だるい。窓の外に広がっていた夕映えは、夜の色へ変わり、星がチラチラと輝きはじめる。

様子を見に来た侍女は、ジニアに微熱があるのではないかと心配そうな表情をした。食事について聞かれたが、食べる気はせず、喉越しのいい野菜スープを用意してもらう。

アッドは帰って早々、二組の陳情へ対応し、続けておこなわれた会議と夕食会に出席していた。一緒に食事がとれないと申し訳なさそうに言われ、ジニアは平気な顔を向けたが、いまになって少し後悔する。

アッドに出会ってから、いろいろなことがめまぐるしく変化した。そして、それはまだ続いている。

覚悟をした分だけ適応していかなければならず、落ち着くまでの時間は想像もできなかった。

「ジニア、調子が悪いのか」

性急なノックを響かせ、息を切らしたアッドが姿を見せた。

侍女から連絡を受け、夕食会を抜けてきたのかもしれない。大股に部屋を横切り、長椅子に横たわるジニアのそばで片膝をついた。

「……無理をさせただろうか」

起きあがろうとするジニアの肩を押さえ、不安を隠した表情で微笑む。片手を握られた。

「手が熱い。着替えをして、寝台へ」

アッドは侍女を呼びに行こうとしたが、ジニアはその手を引き寄せた。

熱っぽい息を吐き、じっとアッドの目を見つめる。

「違う、……違うんだ」

ふるふるっと髪を揺らすと、心配そうなエメラルド色の瞳がいっそう翳る。

アッドが部屋に入ってから急に火照りを感じたジニアは、おずおずと視線をさまよわせ、浅い息を繰り返した。

「そうか」

アッドがやわらかな安堵の息をつく。大きな手のひらが頬へ触れてくる。ジニアはブルッと震えて目を伏せた。

「ヒートがまだ安定していないんだったな。……どこでしようか。この部屋で？　それとも、寝室で？」

尋ねながら、ジニアへ覆いかぶさる。ふたりは引きあってくちびるを重ね、しばらくは目を閉じて互いの吐息を味わう。

甘い匂いがどちらともなく溢れ出て、部屋に満ちていく。煽られているはずのアッドは理性を保ち、ジニアの頬を指先で撫でた。

「わたしといて、つらくないか。ひとりでいるほうがいいなら」

「……いや」

離れていこうとする身体を追って、胸へしがみつく。匂いを胸いっぱいに吸いこみ、熱で浮かされて霞《かす》む視界にアッドを探す。

ジニアはささやき声で訴えた。

「一緒にいるほうが楽。匂いが……好き……」

火照る身体を押し当てると、背中へ腕をまわしたアッドの腰が引いていく。

長椅子でことに及ぶ気はないのだ。

「こっちへおいで」

引き起こされ、肩を抱かれ、隣の部屋へ移動した。

ドアを開けた瞬間に、ジニアは甘い吐息を漏らす。身体中の毛が逆立つほどの興奮を覚え、アッドの胸を押し返してふらふらと歩きだした。

どこもかしもアッドの匂いがして、とろけるように官能的だ。本能に従い、ジニアは寝台へ倒れこんだ。枕を引き寄せ、顔を埋める。

「……もっと、欲しい」

ぶつぶつ言い、枕を抱いてアッドを見る。見守る優しい視線が返り、彼の自室を指差された。そこには着替えの部屋もある。

「きみの好きなものを選ぶといい」

ドアが開かれ、手を差し伸べられる。ジニアは枕を抱えたままで寝台をおりた。顔の下半分を隠したままでアッドを見あげ、すぐに視線を逸らした。

胸が張り裂けそうに興奮して、汗ばむほどに火照りがひどい。二度目のヒートを迎えたばかりのジニアは、オメガとしてどんな態度でいるべきかもわからなかった。

着替えの部屋から漂う爽やかな香りに誘われ、ふらふらとなかへ入る。端から順番に指でなぞっていく。正装のための豪華な服もあったが、ジニアに必要なのは肌触りのいい普段着と寝間着だった。

これと思う衣服を集めて持ち、抱えきれなくなってアッドを振り向く。押しつけて持たせ、また腕いっぱいに集めた。

寝台へ運び、アッドに押しつけた枕や衣服を引き取る。頬を火照らせたジニアは、高熱を出したときのように視線を揺らし、抱えきれないほどの衣服を黙々と配置していく。そのひとつひとつを抱きしめ、頬を寄せ、匂いを吸いこんだ。

ヒートを迎えたオメガの巣作りだ。

健康的な肌には赤みが差し、瞳は夢見るごとくに潤む。長い金髪をかきあげ、服を脱いだ。裸になり、服は巣にまぜる。それから、アッドを見た。

「洗濯したものじゃ、物足りない。……脱いで」

幼い仕草で両手を差し伸ばすと、アッドは待っていたと言わんばかりの満足げな表情でうなずいた。

ジャケットは部屋に置かれた椅子に預け、シャツと肌着を脱いでジニアへ差し出す。続けて靴を脱ぎ、ズボンと下着も躊躇《ちゅうちょ》なく渡した。全裸になったアッドは恥じらうことなく部屋を横切り、着替えの部屋からローブを取って戻った。

自分が羽織るのではなく、巣のなかへ収まったジニアの裸体を包む。

深い慈愛に満ちたまなざしには、つがいを守ろうとするアルファの強さと優しさが混在している。ジニアはゾクッと震え、自分の身体を包むアッドの香りに酔いしれた。

うっとりと目を閉じて、自分の身体を抱きしめる。そうしていると、まるでアッドに抱かれている気分になり、熱い吐息がこぼれていく。

「……ジニア、本物はここにいるんだよ」

袖を引かれ、長いまつげを震わせながら目を開く。琥珀の瞳は甘く潤んで、運命の相手を映した。

「きみはオメガになったばかりだから、それほどわたしが欲しくないかな」

指先であご裏をくすぐられ、ジニアはのけぞって喘いだ。

アッドの身体から溢れる甘い柑橘の香りを嗅ぎ分け、穏やかなエメラルドの瞳に滲んでいく欲望の影を見る。隠そうとしても隠しきれない衝動の発露だ。

「アッドは……？」

いたずらにくすぐってくる指先を両手で捕らえ、ジニアはなまめかしく恋人を見つめた。その指先が欲しくなり、そっと口に含む。

アッドは精悍な眉根を引き絞った。詰まらせた息づかいに男らしさが溢れ、ジニアの欲望も目覚めていく。

まだ、猛烈な欲求は知らない。けれど、アッドにだけ許したい行為があった。

足を開いて受け入れ、全身で愛されたい。そんな淫らな想いをいだき、アッドの指を深くくわえて舌を絡めていく。

「ジニア……」

アッドの声が興奮をこらえるように低くなる。ジニアは、自分のフェロモンに煽られはじめているアッドに気づき、胸の内を騒がせた。

「調子が悪いんじゃない。してくれないと、溜まるんだ」

裸のアッドを引き寄せ、巣へと誘いこむ。

身体中が愛するアルファの匂いに包まれ、目眩に似た興奮が湧き起こる。ローブへ袖を通したジニアの股間はそり、透明の滴が薄皮を濡らして滴る。

「もう、こんなに」

アッドがからかいまじりにささやいてくる。片方の指はジニアの下腹部へ這い、形をなぞりながら動いた。

「あっ……」

たまらずに腰が浮き、アッドの片手へ頬を押し当てたジニアは熱い吐息を漏らす。

「アッド……」

「嬉しいよ、ジニア。もっと興奮して、見せて」

アッドの指がさらに動いた。右と左の両方だ。ジニアが掴んでいる左の指はくちびるをなぞって口の内側へ這い入り、右の指は股間の象徴へ絡まる。

そして、彼自身の熱い息づかいはジニアの胸へ落ちた。

「あぁっ……」

三点を責められ、そのどれもが快感になる。

ジニアは身をすくめ、ひとつひとつに感じ入った。

「ん、ん……っ。い……あぁ……」

興奮した息づかいで訴えると、胸の突起を転がす舌づかいがいっそう淫らになり、乳輪からかぶりつくように吸いつかれる。

「やっ……」

ローブに包まれて横たわる身体がビクンと跳ね、アッドの腰に押された。足先から下半身が絡み、たくましく勃起した陰茎の先端で肌をなぞられる。卑猥な行為だ。

アルファの匂いがいっそう強くなるのがたまらず、背中をそらす。肩を掴んで押しのけ、寝台の上のほうへ逃げる。巣が乱れて、ローブが肩からずれていく。

アッドは引き戻そうとせず、なめらかなジニアの肌をくちびるでたどった。へそにくちびるが押し当たり、淡い色合いの草むらが揺らされる。

「あっ……」

気づいたときには根元にくちびるが押し当たっていた。アッドの短い髪が下腹部や内太ももをくすぐる。

「な、に……っ」

驚きの声をあげたジニアは、とっさにアッドの額を押しのけた。しかし、さらりと逃げられる。ジニアの先端を濡れた舌がねろりと舐めた。くちびるは形をなぞって動き、張り出しの端を吸引される。

玄人《くろうと》の女でさえしないような濃厚な愛撫に、ジニアは驚きを忘れて誘いこまれる。紳士なアッドがするから卑猥さが募り、ジニアの雄もますます興奮して昂ぶっていく。

痛いほどに張り詰め、脈を打って跳ねる。

「ん……っ」

「だめだよ、ジニア。愛撫の邪魔をしては……」

「で、でも……」

「そういう態度も興奮する……。きみは、うぶで、淫らで……大好きだ」

止めに入った両手首へ指が絡まり、拘束されたままで口淫を受ける。

繊細な部分をしゃぶられる快感もたまらなかったが、アッドが自分のものを口に含んでいる現実に心乱される。

彼の濡れた粘膜は真夏の陽差しよりも熱く、ジニアの欲望を爛《ただ》れさせていく。

「ん、んっ……アッド……、アッド……そんなにしたら、出る……」

腰を引きながらかぶりを振ると、精悍なまなざしがジニアを見つめた。

「いいよ」

「……え?　いいって……あっ、あっ……っ!」

右手が離れて根元を支えられる。

「あ、あっ……あぁっ!」

ジニアを包んだ手筒はくちびると一体になって、打ち震える快感を絶頂へいざなった。

「あっ、んんっ……」

こらえようとしてもまるで無駄だ。アッドの左手の指が、ジニアの指と絡む。

「アッド……出ちゃう。くち、離し……て。あぁ……っ」

むせかえるほどのフェロモンが混じりあい、ジニアは声を振り絞って腰を硬直させた。いくらか耐える努力をしたが、こらえは利かない。

熱いアッドの粘膜にこすられ、欲望のほとばしりが溢れだす。

「ん……、ん」

もうしわけないと思ったが、アッドの口淫は拒みきれないほどの快感だった。余すことなく口腔内へ出し、射精のあとに来る淡い倦怠感《けんたいかん》のなかで、ジニアは身を起こした。

罪悪感に襲われ、オメガの巣を形成する衣服から適当な一枚を引っ張り出す。

そこへ吐き出してもらおうと思ったのだ。渡そうとしたジニアは、アッドの喉が上下するのを見た。ごくりと嚥下《えんげ》したのがわかり、短く息を呑んだ。

直後、あわてふためいて取りすがった。

「飲んだ……っ！」

「そんなに驚くことかな。愛していれば当然のことだ」

アッドは悪びれもせず平然と答える。

「当然……？」

まばたきを繰り返したジニアはさっと視線を走らせた。隆々としたアッドのものを見る。

ごくりと生唾を飲む。

アッドのそれはどんな味がするのか。そんなことは考えもしなかった。

「きみはしなくていい」

あご先に手のひらが当たり、そっと掴まれる。

「どうして」

「……これは奉仕の行為だ」

まっすぐに見つめてくる男の凛々しさに目眩を覚え、ジニアは両手を差し伸ばして精悍な頬を包んだ。

くちびるを合わせ、まだ自分の味が残っている歯列を割って舌先を求める。

「ん……。ジニア……」

愛する男の困った息づかいに、情欲がムラムラと募る。たまらず、手を伸ばし、身を屈めた。

「くっ……」

止める隙がなかったのか。それとも、本心では求めていたのか。

アッドが興奮で息を詰める。その反応に、ジニアも燃え立つような興奮を覚えた。

それと同時に、舌先で感じる硬さに快感を知る。確かに奉仕の行為だ。しかし、これほどの快感がついてくるとは思わなかった。

舌でなぞっても、くちびるを這わせても、口に含んでも、ぞわぞわと淫靡な欲が募る。身体が内側からさざ波立って、腰裏がジンジンと痺れてきた。

それはジニアが、後ろの快感を知っているからだった。アッドには感じられない悦を得て、彼の足元にうずくまるジニアは潤んだ瞳を向ける。

見下ろしていたアッドの腰が引けて、代わりに股間のものが打ち震えた。ぐんと丈が伸び、あきらかに太くなる。

長い髪を耳にかけて、ジニアは顔を伏せた。ゆっくりと顔を動かしていると、うずくまった腰にアッドの指先が這った。

「ん……っ」

太いものをくわえたままで身をすくませると、濡れた指は器用にスリットを分けて入りこむ。

「ん、ん……」

探り開かれ、指が押しこまれていく。ジニアはもう口淫が続けられず、口から出したものを手で握った。下生えを避けてくちびるを這わせ、甘い快感の声を忍ばせる。

指を差し入れられただけで、こすられた内壁が悦びを覚え、頭の芯が溶けていきそうになる。

「ジニア、もっと舐めて濡らしてくれないか。きみのここはすぐにほぐれそうだ」

ぬくっぬくっとリズミカルな出し入れが、ことさらいやらしい。ジニアは頼まれたとおりに舌を這わせる。しかし、集中はできず、後ろを探られる気持ちよさに取りこまれた。

「あ、あっ……ぁ、アッド……ッ」

つま先まで欲求が広がり、くちびるを噛んで懇願の瞳を向ける。

「繋がりたい？」

優しく問われ、身体を引き起こされる。ローブを腕に残したまま、巣へ押し倒され直す。両足を大きく開くように促された。

「あぁ……きれいだ」

裸体をじっくりと検分され、肌に視線が這う。声色は優しかったが、まなざしはあきらかに欲情していた。

「ん……っ」

恥ずかしさに足を開いていられず、ジニアは口元へ腕を押し当てた。顔を背けると、アッドの両手が膝頭を包んだ。

「ジニア、恥ずかしがらないで。ほら、手を貸して」

顔を隠していないほうの手を引っ張られ、肩が浮く。膝を大きく開かれ、持ちあがった腰の奥に誘われる。そこにはアッドの昂ぶりがあった。

丸く膨らんだ先端は、つい先ほどまで、ジニアが頬張っていたものだ。それが今度は腰裏の奥の粘膜をこすり立てる。

「……おおきい」

素直な感想を口にすると、アッドが息を詰めた。凜々しい顔だちが上気して、眉根がきりきりと引き絞られる。太ぶりがまた跳ねて、ジニアの指先に先走りの露《つゆ》がついた。

「ジニア……、きみは……」

なにか言いたげにしたアッドは深い呼吸を繰り返し、じっと瞳を閉じた。オメガのフェロモンを全身に浴びたアッドも、肌を火照らせている。冷静なのは見かけだけだ。

呼吸をするたびに、彼のフェロモンは強くなる。ジニアはこれまでの行為を思い出して欲情した。アルファに抱かれるからではなく、心惹かれたアッドに身を任せるから生まれてくる興奮だ。

強い快感が欲しくなり、自分から足を開いてアッドを受け入れる。先端はぬかるんだ沼地に押し当たり、ぐっと圧がかかった。

「ん、んんっ……」

ジニアはくちびるを腕で押さえた。少しでも早く繋がりたくて、もう片方の手で大胆に自分の肉をかき分ける。アッドの手も同じく動き、ふたりはずぶずぶと沈みこむ熱の衝撃に揃って息を詰めた。

「あぁ……」

先に感嘆の吐息を洩らしたのはジニアだ。耐えきれずに腰をよじると、アッドの手に腕を掴まれた。両腕を肩へと促され、素直にすがりつく。

するとアッドは、勢いよく覆いかぶさってきた。キスが始まる。

「ん、ぁ……ぁぁ……っ」

アッドの腰づかいはこれまでと変わらずに優しい。しかし、抑えきれない欲望も感じさせた。

乱れた息がジニアの肌に触れ、ときどき驚くほど強く穿たれる。

それもすぐに快感へ変わり、ジニアは汗を滲ませて首をさらす。

「気が変になりそうなぐらい、きみの匂いがする」

首筋へと鼻先をすり寄せたアッドが言う。声は低くかすれ、深い快楽を追っているのがはっきりとわかった。それは、ジニアと同じものだ。ふたりは同じ匂いのなかへ沈み、互いの身体から与えられる快感に浸っている。

胸を押し付けあい、腰を重ね、悦楽のリズムを繰り返していく。

「アッド……、きもち、いい……いい……っ」

「わたしもだ……」

汗を滴らせたアッドは丁寧に腰を使う。ジニアの反応を確かめ、少しずつ抜き差しを大きくした。ときどき、声をあげさせようといじわるに突きあげてくる。

「あぁっ……ッ！」

思わず大きな声を出してしまい、ジニアは仕返しに背中へと爪を立てた。すると、アッドの腰はいっそう速い動きになり、たまらないほどに責め立てられる。

みっしりとした肉が、濡れた粘膜にこすれ、気持ちのいいところばかりをえぐられてしまう。

「あ、あっ……」

ジニアの乱れた息づかいに勢いをつけ、アッドはなおも腰を使う。快感が存分に生み出され、これまでにない淫らな欲で貪られる。

それもまた愛おしく思え、ジニアは身悶えて背中をしならせ、声をあげた。

アッドの興奮はジニアの悦びだ。たっぷり感じさせてあげたくて、わざと甘い嬌声で煽る。

「ジニア、いけない。そんな声は」

「ん……、はした、ない……？」

「違う……。なまめかしくて、たまらない気分だ」

「あ、あぅ……っ……」

獰猛《どうもう》な性欲は、まだまだ気品の内に隠されている。それをすべて引きずり出したい独占欲に駆られ、ジニアも腰をよじらせた。

目元を歪めて耐える恋人を煽り、形のいい足を腰へ巻きつける。奔放に腰を動かすと、熱のこもった吐息を洩らし、アッドは嬉しそうに微笑んだ。

「あぁ、きみは、いけない人だ。ジニア。……その気なら、夜明けを、ふたりで見よう」

言葉の意味を理解する間もなく揺すりあげられ、激しく奥地を突かれる。

苦しさは一瞬のことだ。すぐに、目の醒めるほどの強い悦楽が引きずり出され、火照り続けるジニアの肌はいっそう汗ばんだ。

「あ、あっ……、そんなっ……。あぁっ……」

激しさに翻弄され、息をするのもままならない。ジニアは溺れもがくように浅く呼吸して、両腕を頭上に伸ばした。指先に触れた枕を引き寄せて顔を埋めたが、すぐに奪われてくちびるが重なる。

「ん、ん……っ」

快感と愛情が暴れ狂い、飲みこめない唾液が、くちびるの端からこぼれていく。

ジニアの腰は小刻みに震え、ふたりの間でやわらかく立ちあがった象徴が揺れる。互いの肌にこすられ、先端からは白濁した液がとろりと溢れていた。

「あぁっ」

びくっと跳ねたジニアは、アッドの腕を掴んだ。

「だめっ……あ、あっ……」

すがる仕草で恋人を見つめ、じわじわと押し寄せてくる絶頂に身を委ねていく。アッドを包んだ内壁がよじれ、閉じたまぶたの裏で小さな星が弾けた。

息が詰まり、喉をさらす。高く昇ったあとで、深い場所へと落ちていく感覚を味わう。

「ジニア……ッ」

締めあげられたアッドが声をひそめ、腰を二回、三回と大きく振る。ジニアはいっそう声をあげてしがみつき、身体の奥深くで弾ける熱に翻弄された。

腰の痙攣が止まらず、頬を撫でるアッドの手のひらにさえ感じてしまうほど敏感になる。そんなジニアの瞳を覗き、アッドは精悍な顔だちで甘く微笑む。

「……あぁ」

射精を終えてもしぼむことのないように思えるアッドの肉は、ずりずりとジニアのなかで動いた。抜けることなく、また押しこまれる。

二回目のセックスがなしくずしに始まり、ジニアはいっそう深い場所を刺激されて身悶えた。

「そんなところ、だめ……やだ、やっ……」

「本当に、いや……？」

優しい問いかけを口にしながらも、アッドの動きは容赦がない。新しい快感を教えられたジニアは、そのあまりの深さに涙をこぼした。

「嫌なら、やめよう」

腰がくっと引いて、浅い場所をこすられる。やめる気など微塵もないことは明白だ。

奥を突かれる快感とは違う快感が与えられ、ジニアはぐっと奥歯を噛みしめ、涙目でアッドを睨んだ。

「……ジニア」

いじわるが続かず、優しい男はすぐに戸惑った表情を浮かべる。それが嬉しくて、ジニアはすっかり油断した。

あとはもう、すべてが快楽のなかだった。

アッドの腕に抱かれ、アルファの匂いで興奮したまま、奥を突かれる。身体はひっきりなしに跳ねてアッドを欲しがり、何度も何度も声を振り絞って絶頂を迎えた。

「……こんなっ」

息も絶えだえになり、また体内で達したアッドを押し戻す。逃れようとした身体が反転させられ、腰を引き寄せられた。すぐに、萎えていない昂ぶりを押しつけられる。

「アッド……休ませて……」

後ろから、ずくりとなめらかに差しこまれ、ジニアは押し寄せる快感に背中をそらした。

「すまない。……もう一度だけ」

それが嘘でも本当でも、受け入れてしまうことはわかっていた。腰を掴まれて抜き差しをされながら、ジニアは自分の作った巣の欠片を両腕にかき集め、激しく喘いで身を揉む。

これほどまでの快楽責めを受けたことがなく、自分の甘い声が王宮中に聞こえてしまいそうな気さえした。

「アッド……あぁ……もう、だめ……っ」

腰をあげていられなくなったジニアはその場に身を伏せる。覆いかぶさってきたアッドのたくましい胸が背中に触れて、そのまま、汗のすべりを助けに前後に動いた。

「んっ、んっ」

寝そべったままで突かれると、ジニアの股間はローブ越しの寝台に押し当たり、抜き差しの動きで刺激される。

「あ、あっ……出る……やぁ……っ」

しかし、出せるものはもうなかった。ジニアは激しい快楽に泣き、アッドを呼ぶ。

いまさらやめて欲しいなんてことは、口に出しても本心でない。

「アッド……あぁッ……、きもち、よくて……やだ、もう、やだ……っ。……あ、あ」

これ以上は癖になってしまいそうなこわさがあり、寝そべったジニアは膝下でバタバタと寝台を叩いた。

快感のあまりにうめくと、手足の先まで溶けるほど熱くなる。真っ白になっていく頭のなかで、いくつかの夜を思い出した。

闇飾りとして寝台のそばに座っていた自分の姿だ。繊細な飾りの衣装を着て、他人の閨ごとを聞き流している。なにを考えていたのかは、もう遠い彼方の記憶だ。

けれど、愛しあう声を聞くたびに、運命の相手を求めなかったわけではない。

自分だけのだれかを探してみたかったたし、だれかに見つけて欲しかった。

恋をして心が痛んでも、愛さずに終わるよりはいい。そう思って、そして、雨のように降りそそぐ愛を、ずっと待っていた。

「あぁ……」

脳裏に浮かんだ閨飾りの衣装がほどけ、隠されていた自分自身があらわになる。

甘く身をよじり、ジニアは快楽の声をアッドへ聞かせた。そして、顔のそばにある腕へと、指を這わせる。

「あっ、あっ、……もう、そんなにしないで……アドリアーノ……」

はじめて正式な名前で呼んだ瞬間、アッドは小さく震えた。

「ジニア……ッ」

熱っぽい声で名前を呼んだかと思うと、これまでにない激しさで腰を打ちつけてくる。

「あぁ、ごめん……、ジニア……きみが、欲しくて……」

「だ、め……って、言った、のに……あ、あー、あぁっ！」

ジニアの身体は快感で激しく跳ね、アッドも荒い息づかいを繰り返して果てた。驚くほどたっぷりと出されて、ジニアは奥歯を噛みしめる。

愛されていることが身に沁みて、終わりを促したことがやるせない。けれど、いまは限界だった。

「……ジニア、きみには勝てない」

そう言い、アッドがゆっくりと身体を離していく。太い楔が抜けていくのも刺激になり、金色の長い髪を湿らせたジニアはなまめかしい声を洩らす。

「もう、赤ちゃんができちゃいそうだ……」

快感の名残に震えながら当てつけがましく言うと、アッドの手が背中をそっとさすってくる。まだオメガとしては不完全な身体だから、いくらなかへ注いでも懐妊には至らない。

「毎晩、これじゃあ、死ぬ……」

ジニアが視線を向けると、頬にくちびるが押し当たった。

「ヒートのときだけだ。それ以外は、ちゃんと理性を利かせる。だいじょうぶだよ、身体は慣れてくるから」

「……ん？」

いいとも悪いとも言えずにうなり、ジニアはくちびるを引き結んで拗ねた。アルファの性欲は底なしだと、いまさら思い出す。

「朝までするの？」

夜明けをふたりで見ようと言ったアッドへ問いかける。

「少し休めば、きみもまた、その気になる。……ほかの体位も興味があるだろう」

ちらりと視線を向けられ、ジニアは寝台へ顔を伏せた。震えるほどに好きな顔だ。整っている上に淫靡で、普段は気品に溢れていると思うといっそう淫欲がかき立てられる。

「ん……ある……」

素直に答え、ジニアは指を這わせてアッドの肌に触れた。

「アッド……、俺を見初めたときの話をして」

彼の片手を頬の下敷きにして甘くねだる。夜はまだ長い。

今夜の口説きを期待して、ジニアはまつげを震わせた。

＊＊＊

石を切り出して建てられたトゥリパーノ宮殿には、手のこんだ中庭がある。

葉を繁らせた木々がジグザグに植えられ、燦々《さんさん》と降りそそぐ陽差しは重なりあう葉の網目をこぼれて下草を輝かせる。花は可憐な野の草が多く、ところどころに満開の夏薔薇が咲いていた。

風が吹き抜けると、木々の枝がしなり、葉擦れの音が涼しげに響く。

やわらかな布地の服を身にまとったジニアは両手を大きく頭上へ差し伸ばした。

陽差しがきらきらとまたたいて、パンッと手を打つ。裸足が草の上でステップを踏む。音楽がなくてもかまわなかった。

長い上着がひるがえり、絞ったズボンの裾から健康的に引き締まった足首が見える。

手拍子に誘われた侍女たちが中庭を囲む回廊へ出てきて、柱の陰へ鈴なりに集まった。

だれもが小さく手を叩き、微笑みをこぼす。やがて気配を察した近衛兵も覗きに来る。遠慮がちだった手拍子は次第に重なり、大きく響いた。

ジニアは上機嫌に踊り続ける。

美しい庭、美しい陽差し、美しい風。吸いこむ空気は自由の匂いに満ちている。

遠くからジニアを呼ぶアッドの声がして、手拍子がぱらぱらっと途切れた。

長い髪をなびかせて振り向くジニアは満面の笑みを浮かべ、脱ぎ捨てた布靴を手にして草の上を駆ける。両手を広げたアッドが受け止めた。

「きみを探せば、人が鈴なりだ。……婚礼衣装を選ぶ時間だよ」

「あぁ、ごめん。あんまりにも木洩れ陽がきれいだったから」

額に汗を浮かべたジニアは回廊の侍女たちに向かって手を振る。近衛兵たちはなに食わぬ顔で退散したあとだ。

「わたしも、きみの踊りを見たかったな」

アッドはポケットから布を取り出し、ジニアの額をぬぐって笑う。

ジニアはされるに任せて答えた。

「またあとでね。お商売の方はお忙しいからね。さっさと選んで、帰してあげないと。……言葉づかい、合ってた？」

片手で靴を履いて尋ねると、腕を支えたアッドはいっそうの笑顔になる。

「『早く選んで』がいいかな」

「早く選んで……」

「そう。でもね、今日は、そう簡単にはいかないだろうな」

衣装選びには、ピッセロ・オドローソの離宮からやってきた、ふたりの母も参加するのだ。

「任せておけばいいんじゃないかな。ね……、ちょっと散歩しよう」

腕に掴まってねだると、アッドは小さく息を吸いこんだ。愛しげに細められたまなざしがジニアを眺める。

「だめだよ。わたしは、きみの衣装を選びたい」

「酔狂だなぁ。衣装なんてどれも一緒だよ」

腰を片手で捕まえられ、ジニアもアッドの肩へ手をまわす。

「そんな言い方をしないでくれ。きみを世界で一番きれいな花嫁にするんだ」

「……衣装を脱いだあとが、一番お好みだと思うけど」

「だからだよ」

アッドのくちびるが近づいて、こめかみにキスが当たる。

立ち止まって振り仰いだジニアは目を閉じた。くちびるにキスを受けて、間近にアッドの顔を見る。

「教養のレッスンばかりで疲れるだろう」

アッドの指先が、ジニアの長い髪を片方だけ耳へかける。

「きみは偉いよ。知っていたけど、やっぱり思ったとおりの努力家だ」

「……そう言われると弱いんだよ」

ジニアは小首を傾げて、アッドの頬を両手で包む。

この夏が過ぎて秋風が吹くころ、ふたりの婚礼が執りおこなわれる予定だ。

「マウロたちの居場所がわかったから、婚礼の日取りは伝えたよ」

アッドに言われて、ジニアはにっこりと笑った。

しばらく足取りがわからなくなっていたのだ。旅の一座は気まぐれだから、ときどき遥か遠くの国まで出かけることもある。

「……抜け出してもいい？」

ジニアが瞳をきらりと輝かせる。アッドは立ち止まった。片腕を腰の裏へまわして背筋を伸ばす。美しい立ち姿だ。

「ペスカには、泊まってもらえばいいよ」

「……踊りたいんだよ。あの楽団の音が好きなんだ」

「わかった。きみの望みを叶えるのがわたしの仕事だ。そのときは必ず連れていってくれ。見逃したらがっかりする」

「うん、そうしよう。誘うから一緒に行こう」

アッドの肩へ掴まり、頬に軽いキスをして離れる。ジニアは意気揚々と歩きだしたが、すぐに腕を掴まれて引き戻された。

「ただし、お腹に子がいたら、あきらめてくれるね」

背中から抱かれ、下腹部にそっと手を当てられる。王宮医師の見立てでも、ジニアはオメガとして未成熟な身体だ。しかし、ほぼ毎日繰り返す行為は濃厚で、いまにも妊娠してしまいそうに思える。

「ん……」

ありえないと突っぱねることができず、ジニアは頬を染めてうつむく。

「……ジニア、やはり少しだけ散歩してからがいいな」

腕に掴まるよう促されて、ジニアは実質上はすでに夫となっている美丈夫の横顔を見つめた。

「アッド、いい匂い」

身を寄せて、そっとささやく。

「きみといるからだ」

上品で甘い花の匂いは、アルファの感じている幸福の証しだ。ジニアはまっすぐに前を見て、

長い金色の髪を背中になびかせる。

たわいもない会話を交わしながら、緑豊かな中庭を抜けていく。

明るい陽差しがこぼれる石造りの回廊に、ふたりを探す侍女の声だけが、やわらかく響いていた。


【終わり】

あとがき

こんにちは、高月紅葉です。

踊り子と王様。定番のテーマですね。

そして、私は『踊り子』という言葉が大好きです。ちょっとやさぐれた感じも良いのですが、今回は男性らしく芯のある強い子にしました。王様は若くて理性的で運命には貪欲なタイプです。相手のことをちゃんと見つめている理想的な人ですが、ずっと見張りをつけていたりして策略家でもあるような気もします。

お気に入りの場面は、踊り子のジニアが、船宿の入り口にいる警備の男から心ない言葉を掛けられ、静かに憤ったアッドが謝罪を求めるところです。ジニアは気にしていないけれど、自分の愛する者を悪しざまに扱わせないのがアッドの信条という感じ。

みなさんの心に響く場面がありましたら、お聞かせください。感想をお待ちしています。

最後になりましたが、この本の出版に関わった方々と、読んでくださったあなたに、心からのお礼を申し上げます。また次も、お目にかかれますように。

高月紅葉

ペスカちゃんを描いてみました
彼にも素敵な季節が
きっともうすぐ

初出一覧

ダリア文庫をお買い上げいただきましてありがとうございます。
この本を読んでのご意見・ご感想・ファンレターをお待ちしております。

〒170-0013 東京都豊島区東池袋3-22-17　東池袋セントラルプレイス5F
(株)フロンティアワークス　ダリア編集部
感想係、または「高月紅葉先生」「笠井あゆみ先生」係

この本の
アンケートは
コチラ!

http://www.fwinc.jp/daria/enq/
※アクセスの際にはパケット通信料が発生致します。

闇飾り -アルファ王は踊り子に恋慕する-

2023年3月20日　第一刷発行

著　者
高月紅葉

発行者
辻 政英
発行所
株式会社フロンティアワークス
〒170-0013 東京都豊島区東池袋3-22-17
東池袋セントラルプレイス5F
営業 TEL 03-5957-1030
http://www.fwinc.jp/daria/
印刷所
中央精版印刷株式会社